KB114130

예고의 음악 천재 5

강서울 현대 판타지 소설

초판 1쇄 찍은 날 § 2023년 3월 14일
초판 1쇄 펴낸 날 § 2023년 3월 21일

지은이 § 강서울
펴낸이 § 서경석

총괄팀장 § 황창선
편집책임 § 박현성
디자인 § 스튜디오 이너스

펴낸곳 § 도서출판 청어람
등록번호 § 제387-1999-000006호
등록일자 § 1999. 5. 31
어람번호 § 제1-3207호

본사 § 경기도 부천시 부일로 483번길 40 서경B/D 3F (우) 14640
편집부 § 서울특별시 구로구 디지털로 272 한신IT타워 404호 (우) 08389
전화 § 02-6956-0531 팩스 § 02-6956-0532
http://www.chungeoram.com
E-mail § chungeorambook@daum.net

ISBN 979-11-04-92481-1 04810
ISBN 979-11-04-92468-2 (세트)

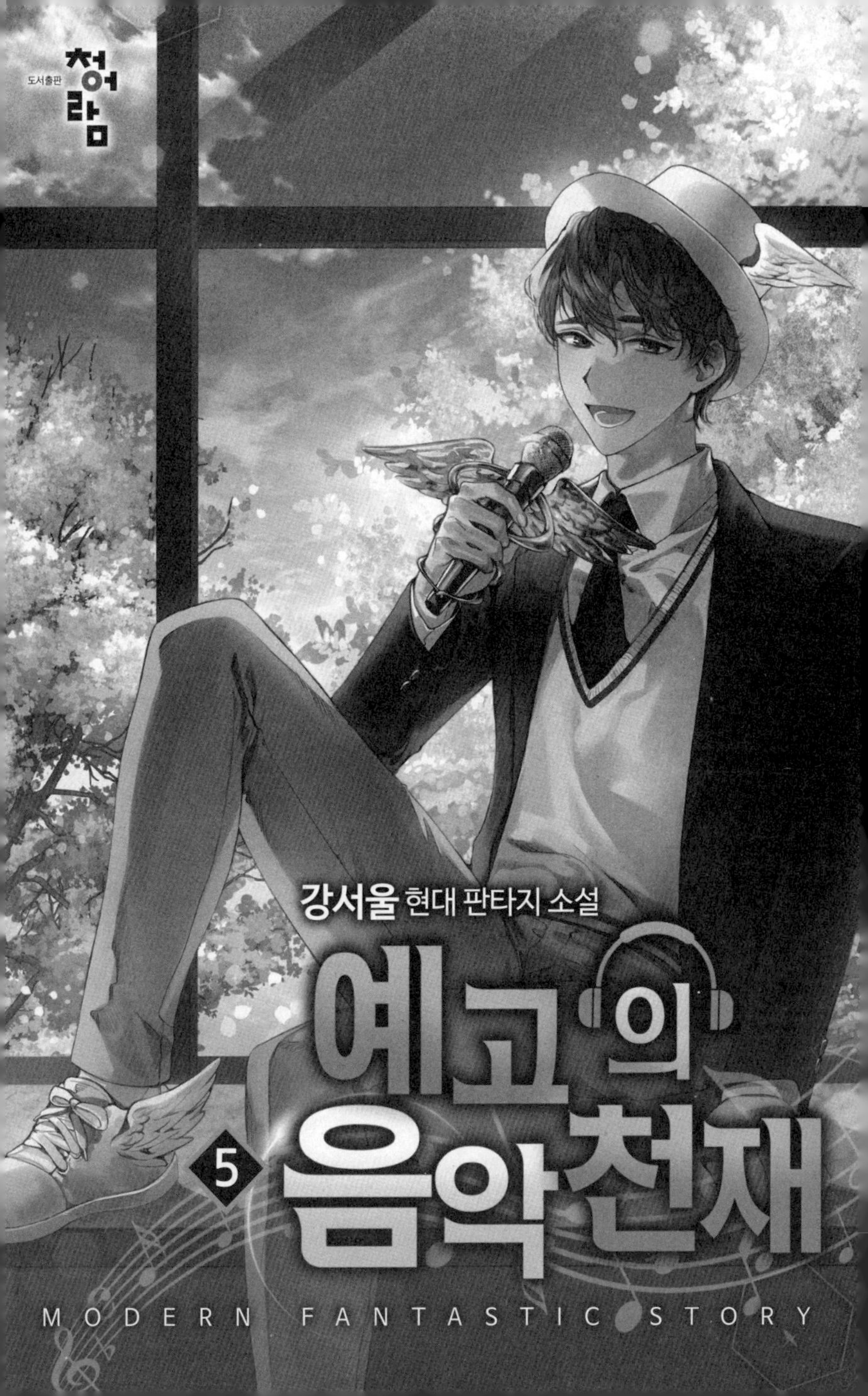
도서출판 청어람
강서울 현대 판타지 소설
예고의 음악천재
5
MODERN FANTASTIC STORY

목차

Chapter. 1

데뷔 평가 쇼케이스 당일.

정식 데뷔 쇼케이스는 아니지만, 이번 쇼케이스가 데뷔 여부를 좌우하는 만큼 이른 아침부터 모두가 분주했다.

풀메이크업은 기본이고 마지막으로 안무를 체크하느라 다들 정신이 없다.

이 바쁜 와중에, 남들보다 일찍 일어나서 준비를 마친 신서진과 유민하는 가야 할 곳이 있었다.

의상 픽업을 위해서였다.

"아직 안 늦었지? 잘하면 여유롭게 도착할 것 같은데?"

"응, 충분해."

출근길의 동대문.

막힐 거라고 각오하고 나왔지만, 이른 시간에 출발해서인지 신서진의 말대로 여유롭게 도착했다.

자칫하면 길 잃기 십상인 곳이라 서하린을 데려왔어야 했나 잠깐 후회했으나, 신서진은 간판을 보고 제법 빠르게 길을 찾았다.

얼타고 있을 줄 알았는데.

유민하는 의외라는 듯 신서진을 돌아보며 놀랐다.

그 눈빛이 다소 노골적이어서 문제였다.

"…너무 신기해하는 거 아니야?"

이래 봬도 심부름은 전문이다.

떼인 물건, 빌린 물건, 찾아야 할 물건은 귀신같이 찾는 타입.

이렇게 말하니까 조금 어감이 그렇긴 한데…….

어쨌든 사실이다.

신서진은 빠르게 길을 꺾어서 복도에 들어섰다.

의류 매장이 있는 곳이 아까 저쪽이었으니, 서하린의 설명대로라면 거의 도착했다.

어, 저기 있네.

"찾았다."

신서진은 씨익 웃으며 간판을 손으로 가리켰다.

[13호 클라우스]

서하린이 말했던 그곳이 맞다.

"뭐야? 너 왜 이렇게 잘 찾아?"

의외로 길치가 아니었나?

유민하는 두 눈을 동그랗게 뜨고선 쪼르르 달려갔다.

아침 8시 반이다.

당연하게도 가게 문은 굳게 닫혔다.

"어, 안 계시네."

가게 오픈 시간보다도 먼저 와 버린 터라 주위가 상당히 썰렁했다.

신서진은 고요한 상가를 둘러보며 벽에 몸을 기대었다.

빨리 오긴 했는데 여전히 시간이 애매했다.

유민하는 시계를 확인하면서 발을 동동 굴렀다.

"9시에 오신다고 하셨지?"

"응, 그랬지."

기왕이면 돌아가서 연습 한 번 맞춰 볼 시간까지 있으면 좋을 텐데.

"빨리 와라…… 빨리 와라."

유민하가 그녀답지 않게 종알거리면서 기도하고 있는 동안, 10분이 흘렀다.

그때, 저 멀리서 반가운 실루엣이 보였다.

"어, 혹시 아주머니?"

"저희 여기 있어요!"

설렁설렁—.

8시 40분. 약속 시간보다 20분이나 먼저 도착한 아주머니가 주머니에 손을 찔러 넣은 채 천천히 걸어오고 있었다. 이 시간에 자신을 저리 애타게 기다릴 학생들이 없을 테니, 한눈에 두 사람을 알아본 아주머니가 손을 흔들었다.

"어어—."

"어우, 생각보다 빨리 오셨네요."

"옷 받아 가려고들 왔어?"

"네!"

유민하는 다시 밝아진 얼굴로 쪼르르 달려갔다.

일단 아주머니의 양손에 들린 의상을 건네받자마자 주문한 대로 나왔는지 체크부터 했다.

혹시 시간을 못 맞출까 봐 조마조마했던 것을 생각하면 결과물이 나쁘지 않은 듯하다.

신서진은 유민하의 어깨 너머로 의상을 확인하며 고개를 끄덕였다.

"하나 줘 봐. 사이즈 맞는 것 같은데?"

"어, 여기!"

이유승은 L 사이즈라고 했었고, 최성훈은 M 사이즈라고 했나?

몸에 대 보니 사이즈도 맞고 색상도 생각한 대로 잘 뽑혔다.

그리고, 무엇보다.

"음, 잘생겼네."

"……."

유민하는 못 들은 척 옷을 열심히 뒤지고 있었다.

신서진은 괜히 그런 유민하를 쿡쿡 찌르며 물었다.

"어때?"

"시간 없어, 어서 가자."

스읍.

신서진은 못마땅한 얼굴로 침을 삼켰다.

'아, 옛날에는 다 잘 받아 줬었는데.'

한국에 와서 이런 취급이나 받고 있다.

뭔가 억울하긴 한데, 지금은 그런 걸 따질 시간이 아니었다.

"감사해요! 다음에 또 올게요!"

유민하는 가게 문을 열고 있는 아주머니를 향해 인사를 마치고 신서진에게 빠르게 손짓했다.

옷은 다 챙겼으니 슬슬 발걸음을 재촉해야 했다.

그런 유민하를 한달음에 따라잡은 신서진이 양손에 의상 가방을 들고선 물었다.

"시간 급해?"

"아니, 급하진 않은데 출근길이니까. 어, 어! 버스 거의 도착했는데?"

원래도 사람이 많은 곳이다. 게다가 복잡한 곳이기도 하고.

신서진은 유민하를 잡아끌고 아래층으로 향했다. 유민하는 핸드폰으로 지도를 확인하면서 옆에서 말을 덧붙였다.

"버스 한 번 환승해서 가야 해. 삼사십 분 정도 거리인데 한 번에 가는 차가 없거든?"

"어, 듣고 있어."

"그래서 310번 버스를 타고 34번으로 환승을 해야 해. 출구가⋯⋯. 1층에 있나?"

"저쪽이다."

"어!"

1층까지 도착해서는 출구로 나왔다.

아까보다 인파가 많이 몰린 것이 한눈에 봐도 복잡한 거리였다.

"어후, 정신없어."

신서진은 혀를 차며 주위를 두리번거렸고, 그 순간 미어캣처럼 목을 쭉 빼고 있던 유민하의 두 눈이 동그래졌다.

발견했다. 310번 버스.

유민하는 초록색 버스를 발견하고는 냅다 뛰기 시작했다.

"저거 타야 해!"

유민하의 한마디에 신서진이 내달리기 시작했다.

오히려 유민하가 따라잡지 못할 정도로 빠른 속도였다.

빠르다는 건 알았는데, 생각보다 더 빠르다.

다음 버스를 타야 할지도 모른다고 계산했는데, 순식간에 버스 정류장으로 달려 나간 신서진 덕에 310번을 잡는 데에 성공했다.

"뭐야, 달리기도… 잘했어?"

"여러모로 재능이 있는 편이지."

"하."

유민하는 어이가 없다는 듯 웃으며 시간을 확인했다.

9시 10분. 여기서 20여 분을 더 가서 버스 한 번만 갈아타면 되니까, 걱정과 달리 훨씬 더 수월한 일정이다.

아니, 이때까지만 해도 수월하리라 생각했다.

"푸르르르르."

이제야 한시름 놓은 유민하는 사람들로 가득 들어찬 버스에서 입을 푸느라 여념이 없었다.

"아, 이 파트 잘 안 되네. 신서진, 너 연습 끝났어?"

"어."

"B 유닛은 안무 다 맞춰 봤어?"

"으응."

신서진은 구석에 구겨진 채 창밖을 확인했다.

"…저기 사람들 왜 저렇게 몰려 있어?"

"응?"

출근길이라고 들었는데 출근도 안 하는 것 같은 사람들이 길을 막고 있다.

되게 신기하다.

"사람이 많아……."

버스가 줄지어 서 있으니 한층 더 관심받는 기분이다.

그래 봤자 저를 보러 몰려온 사람들 같진 않지만 말이다.

신서진은 괜히 탄성을 터뜨리면서 창밖을 돌아보았다.

유민하에겐 꽤 익숙한 풍경이었다.

"시위하나?"

유민하는 대수롭지 않게 대답하고선 가방에서 가사를 꺼냈다. 이동 시간조차도 아까운 실정이라 남은 시간에는 연습을 해야 했다. 밖이 조금 시끄럽긴 해도 집중하는 데에는 별문제가 없었다.

한국에 와서 사실상 버스를 처음 타 보는 신서진이야 모든 게 신기해서 넋을 반쯤 놓은 상태였지만 말이다.

잔뜩 집중한 건지 유민하는 미간을 찌푸린 채 굳어 있었다.

신서진은 창밖을 두리번거리며 유민하에게 말을 걸었다.

"유민하."

"어."

"근데 원래 이 이동 수단은 말이야……."

"응."

"이렇게 안 움직이는 편인가?"

"……."

"마차가 더 빠르겠는걸?"

신서진은 턱을 쓸어내리며 중얼거렸다.

21세기라서 조금 기대했건만. 자동차는 쏜살같이 다니고, 웬 휴대전화라는 걸로 원격 소통까지 하는 시점에.

대중교통이랍시고 너무 천천히 달리는 게 아닌가.

아, 잠깐만.

"버스도 원래 꽤 빠른 편에 속하는 이동 수단 아니었나?"

신서진이 머리를 긁적이며 고개를 든 순간, 창백하게 질린 유민하의 얼굴이 눈에 들어왔다.

"미친."

유민하는 이를 악물고선 가사지를 가방에 쑤셔 넣었다.

"지금 몇 시야?"

"9시 반."

휙―.

빠르게 버스 노선을 확인한 유민하의 표정은 한층 더 굳어 버렸다.

"아직 반도 안 왔는데?"

쇼케이스는 11시 시작이다. 시간이 충분히 남아 있는 상황이긴 하나, 어째 등골이 서늘하다.

유민하는 미동도 없는 버스를 보며 아랫입술을 잘근거렸다.

그나마 다행인 것은 시위대가 물러나자 버스가 조금씩 움직이기 시작했다는 점이었다.

출근길의 난잡한 도로 상황까지 겹치면서 거의 거북이가 기어 가듯 최악의 속도를 내고 있었지만 말이다.

버스는 그렇게 20여 분을 더 달려서 정류장에서 도착했다.

유민하는 가방을 품에 안고선 버스에서 날듯이 뛰어내렸다.

원래라면 여기서 환승해서 10분만 더 가면 되는데, 아까처럼 막힐 가능성까지 고려하면 버스가 최대한 빨리 와 줘야만 했다.

둘은 한달음에 길을 건너서 환승 정류장까지 내달렸다.

그 순간이었다.

유민하는 정류장의 버스 정보 안내판을 발견하고 멈칫했다.

이 상황은 정말 예상치 못했는데.

"차고지 대기……?"

"그게 뭔데?"

"버스가 아주 올 생각이 없으시단 거지."

유민하는 지끈거리는 머리를 짚으며 대답했다.

이쯤 되니 슬슬 불안해진다.

동동―.

유민하는 제자리에서 안절부절못하고 버스를 기다리고 있었다.

신서진은 신서진대로 턱을 쓸어내리며 고민을 하고 있었다.

"버스를 강제로 끌고 올 방법이 없나?"

당연히 없다.

빛의 가루를 조금 써서 버스를 공중에 띄우면 저 개판인 교통체증을 어떻게든 해결할 수 있을 것 같은데.

'미켈이 난리 칠 것 같아.'

이제 서울 생활 반년 차, 어느 정도 사리 판단 능력이 생겼다.

자기부상열차는 들어 봤어도 자기부상버스는 들어 본 적이 없었으니까.

그나마 다행인 것은 차고지가 여기서 그리 멀지 않다는 점이 었고, 버스는 예상 시간보다 조금 더 늦게, 그러나, 충분히 커버 가능한 시간에 도착했다.

10시 10분이다.

"두 사람이요!"

유민하는 교통카드를 찍으면서 버스에 올라탔다.

여전히 앉을 자리는 없는데, 아까보다 사람이 많이 줄었다.

"11시 시작이잖아. 버스가 막혀서 여기서 한 20분 걸린다고 해도 충분히 여유 있게 도착하겠지?"

단순 계산상은 일단 그러했다.

꽉 막혔던 도로도 이제 슬슬 풀려 가고 있고, 얼핏 봤을 땐 20분까지 막힐 것도 없이 제시간에 도착할 듯했다.

신서진은 담담한 목소리로 유민하의 말에 동조했다.

"에이틴이 첫 순서는 아니니까. 가서 연습할 시간까지 있을걸."

"그렇겠지?"

유민하는 은근히 신서진의 촉을 믿는 편이 있었다.

이유는 모르겠는데, 저 묘한 녀석이 하는 말이라면 괜히 믿음 이 간다고 해야 하나.

하지만 유감스럽게도 번지수를 잘못 찾았다.

'나는 미래를 보는 능력은 없는데.'

그건 아폴론을 찾아갔어야지 자신을 찾아오면 안 됐다.

신서진은 그렇게 생각하면서도 건성으로 고개를 끄덕였다.

유민하의 성격 자체가 워낙에 완벽주의자인 터라, 계획이 조금만 틀어져도 조급해한다.

아마 지금도 백만 가지 경우의 수를 머릿속에서 굴리고 있을 터였다.

지금 이렇게 조잘대는 것만 봐도 그러했다.

"불안하단 말이야. 뭐가 안 풀리는 날에는 줄줄이 안 풀린단 말이지."

겨우 10분 거리다.

걸어갈 수 있는 거리는 아니어도, 차로는 금방인 거리.

원래대로라면 여유는 차고도 넘쳤어야 했다.

그런데.

"잘 가다가 중간에 버스가 멈춘다거나……."

"아까처럼 누가 가로막는다거나."

그것도 아니면.

"멀쩡히 가다 사고 나면 어쩌지?"

유민하는 가사지를 한 손으로 꼭 쥔 채 한숨을 푹푹 내쉬었다.

창밖의 풍경이 휙휙 지나가고 있다.

신서진은 창밖을 내다보며 유민하의 말에 대답했다.

"잘 가고 있구만."

잘 가던 버스가 갑자기 뒤집어질 확률은 무대 중에 조명이 떨어질 확률과 비등비등하지 않겠냐.

"한 번도 겪어 봤는데 두 번이라고……."

아, 이게 아니라.

"두 번은 일어나지 않을 거야."

"으응."

신서진은 뒤늦게 정정하며 태연하게 유리창에 기대었다.

가만 보면 안 그럴 것 같으면서도 걱정이 많은 편이라니깐.

"평가 날에 무슨 마가 낀 것도 아니고, 두 번 그러기도 쉽지 않……."

그 순간이었다.

"어?"

덜컹—.

방지턱에라도 걸린 것처럼 차체가 크게 흔들렸고.

끼이이익—.

"무, 무슨 일이야?"

고개를 돌린 순간.

웬 차 한 대가 이쪽을 향해 돌진해 오고 있었다.

이래서 평가 날에 마가 낀 게 아닌가 싶었던 건데…….

"유민하!"

쾅!

신서진은 본능적으로 유민하를 향해 손을 뻗었다.

＊　　　　＊　　　　＊

매캐한 연기.

뿌연 시야를 뚫고 바닥에 엎어져 있는 사람들이 눈에 들어왔다.

유민하는 콜록거리면서 자리에서 일어났다.

반대편 도로에서 달리던 차량이 버스를 그대로 들이받았다. 그 충격으로 버스가 뒤집어지면서 버스에 타고 있던 사람들이 전부 바닥에 굴렀다.

순식간에 벌어진 사고였다.

"으으으윽……."

몇몇 사람들이 고통스러운 신음을 내면서 몸을 일으켰다.

크게 다친 사람들은 없는 것 같긴 한데, 다들 안색이 창백하게 질린 걸로 보아 적잖이 놀란 기색이었다.

신서진이 유리창에 대고 있던 등을 천천히 떼었다.

동시에, 깨진 유리 파편들이 바닥에 후두둑 떨어졌다.

신서진은 인상을 찌푸리며 유민하에게 물었다.

"괜찮아?"

"…너야말로 괜찮아?"

버스가 전복되려던 순간에, 신서진이 앞으로 고꾸라질 뻔한 유민하를 한 손으로 붙들었다.

그 바람에 깨진 유리창에 어깨를 박았던 것 같은데.

유민하는 바닥에 널브러진 유리 파편을 보고선 얼굴이 새하얗게 질려 버렸다.

"너, 안 다쳤어?"

유민하는 놀란 눈으로 다가가 신서진의 몸 상태를 확인했다.

유리 파편에 긁힌 건지 너덜너덜해진 옷가지가 눈에 들어왔다. 피가 철철 났어도 전혀 이상하지 않았을 상황에 적어도 겉보기에는 멀쩡하다.

태연히 서 있는 얼굴도 그렇고.

"안 다쳤는데."

신서진은 대수롭지 않게 중얼거리며 허리를 숙였다.

"삭신이 쑤시는 것 같기는 해."

이건 살아온 세월이 있어서 어쩔 수가 없다.

신서진은 투덜거리면서 유민하에게 손짓을 했다.

일단 여기는 갑갑하기도 하고, 또 뭔 일이 날지 모른다.

유민하의 걱정스러운 눈길이 닿았지만 지금은 여기서 나가는 것이 먼저였다.

"일단 나가자."

신서진은 엉거주춤한 자세로 기어 나가는 사람들을 따라 밖으로 나왔다.

당연하지만 아수라장이 된 것은 바깥도 마찬가지였다.

도로 한복판에서 버스가 뒤집어지는 사고가 났으니 사방에서 몰려든 사람들이 어디론가 전화를 걸고 있었던 것이다.

"네, 거기 119죠? 여기 버스 사고가 났는데……."

"빨리 좀 와 주세요!"

"어, 어! 너네 괜찮니?"

한눈에 봐도 어려 보이는 얼굴, 사복을 입었지만 누가 봐도 학생이다.

때문에 두 사람은 나오자마자 웬 아주머니에게 붙들렸다.

"다친 데는 없어? 기다려. 곧 구급차 온다니까."

"아……."

종합해 보면 개판이다.

길은 완전히 막혀서 다음 버스가 올 리 없고, 모르는 사람들한테 둘러싸여서 쓸데없는 걱정을 한 몸에 받는 중이다.

아주머니는 심각한 얼굴로 가장 꼴이 초췌한 신서진을 붙들었다.

옷차림이 너덜너덜한 것이 겉으로는 멀쩡해도 분명 어딘가 다쳤을 거라는 확신 때문이었다.

"너 어디 가."

조용히 빠져나가려던 신서진은 난처한 기색으로 고개를 돌렸다.

"어후, 옷이……. 너 바로 병원 가야 하는 거 아니야? 부모님한테 연락했니?"

"아뇨."

"지금 어디 계신데?"

"하늘에 계신데요."

"……."

잠깐 정적이 맴돌았다.

아주머니는 말문이 막힌 듯 입을 우물거리다가 신서진을 잡고 있던 손을 놓았고, 유민하는 당황한 낯빛으로 신서진의 눈치를 살폈다.

"진짜 괜찮아?"

"응."

본인이 괜찮다는데 뭐라 할 말이 없다.

안색도 멀쩡해 보이니 억지로 병원에 끌고 갈 수도 없는 노릇이고.

유민하가 이러지도 저러지도 못하는 동안, 신서진은 담담한 목소리로 돌직구를 던졌다.

현실을 직시하기 위한 발언이었다.

"나는 괜찮은데, 지금 우리가 별로 안 괜찮은 것 같거든."

"허업……!"

"시간 얼마 없지 않아?"

시계는 10시 45분.

"미친. 큰일 났다."

뒤늦게 시간을 확인한 유민하의 표정이 버스 사고가 났을 때보다도 더 창백하게 질렸다.

저쪽에서는 사이렌이 울려 퍼지고 있고, 마침 구급대원들이 다급하게 사고 현장에 들어서고 있었다.

"다친 분들, 다친 분들 계십니까!"

그 말에 선수를 친 것은 옆에 서 있던 아주머니였다.

"너네 빨리 구급차에 타라!"

"어서 가! 저기요! 여기 학생들이 있는데요!"

"얘네 다친 것 같은데요!"

그 뒤로 몰려든 시민들까지 말을 얹기 시작한다.

눈물겨울 정도로 따뜻한 어른들의 정이었다.

덕분에 다시 시선이 이쪽으로 쏠리기 시작했다.

이젠 아예 괜찮냐며 등까지 떠밀고 있다.

필요 없어!

지금 그게 중요한 게 아니라고!

신서진은 한국인의 정이 투머치하다는 것을 느끼며 손사래를 쳤다.

"잠, 잠시만요……!"

그때였다.

따리링―.

유민하는 주머니에서 요란하게 울려 퍼지는 전화벨에 이를 악물었다.

서하린이었다.

'엄청 걱정했을 텐데.'

여유롭게 도착한다고 해 놓고 쇼케이스 시작 15분 전까지도 얼굴은 코빼기도 보이질 않으니 놀랄 만도 했다.

유민하는 난처한 얼굴로 전화를 받았다.

아니나 다를까.

잔뜩 당황한 목소리가 수화기 너머로 울려 퍼졌다.

―야, 유민하! 너 어디야?

"우리 지금 여기 버스 사고가 났는데……."

―뭐? 버스 사고가 났다고? 너네 괜찮아?

"우리는 괜찮은데, 서진이가 지금 길 찾고 있거든……."

신서진은 유민하의 옆에 서서 그녀가 알려 준 대로 길을 찾고 있었다.

어차피 여기서 버스를 갈아탈 수 있을 리가 만무하니 도보로 가는 길부터 찾아봤다.

걸어서 최소 20분이다.

순간, 머릿속을 스쳐 가는 말이 있었다.

에이틴을 나름 좋게 본 이상진 트레이너가 몇 번이듯 강조했던 말.

'알아서 잘들 할 거라 믿는데, 늦지만 마라.'

'정신머리 없으면 데뷔 평가든 뭐든 얄짤없는 거야. 알지?'

신서진은 아랫입술을 악문 채 유민하에게 휴대전화를 들어 보였다.

도보로 22분은 더 걸린다는 절망적인 소식이었다.

"우리 어떻게 해?"

―시간 안에 못 올 것 같아?

"응……. 사고 난 것도 안 봐주겠지?"

수화기 너머로 서하린의 다급한 외침이 울려 퍼졌다.

―우리 첫 순서는 아니잖아! 일단 택시 잡아 보고, 잘 안 잡히면 뛰어와! 무대 전에만 도착하면 어떻게든 되지 않겠어?

"최… 최대한 빨리 갈게!"

유민하는 떨리는 목소리로 대답하며 전화를 끊었다.

고민할 시간조차 사치였다.

유민하는 신서진의 팔을 붙들고서 고개를 끄덕였다.

신서진은 의상 가방을 양손에 꽉 쥔 채 그런 유민하를 돌아보았다.

누가 봐도 어디로 튀려는 듯한 몸짓.

뒤편에서 당황한 아주머니가 두 눈을 크게 뜨고 물었다.

"애들아, 너네 구급차 안 타고 어디 가니?"

며칠을 준비했던 무대인데.

서 보지도 못하고 포기할 수는 없었다.

"야, 뛰어!"

"학생들!"

"저희들! 되게 건강해요!"

두 사람은 인파를 뚫고서 내달리기 시작했다.

*   *   *

SW 엔터 한편에 마련된 대기실.

아침 일찍 일어나 풀메이크업까지 마친 상태로 모든 준비를 끝냈지만, 마음이 편안할 리 없었다.

덜덜덜.

서하린은 발을 동동 구르며 머리를 감싸 쥐고 있었다.

"야, 헤어 망가져."

최성훈은 괜히 말을 걸었다가 서하린의 따가운 시선을 받았다.

사실 돌아가는 상황을 제대로 모르는 건 최성훈도 마찬가지였다.

"서진이랑 민하는 어디래?"

"뛰어오는 것 같긴 한데……. 걸어서 20분이래."

"뭐?"

최성훈은 기겁하며 자리에서 벌떡 일어섰다.

"걔네 시간 안에 올 수 있는 거야?"

그때, 대기실 문을 열어젖히고 이유승이 뛰어들어왔다.

"야, 야! 얘들아, 순서 바꼈대!"

거기에 이유승이 전해 온 소식은 말 그대로 설상가상이었다.

"순서 조정되어서 에이틴이 첫 순서라는데? 괜찮아?"

"…지금 전혀 안 괜찮아."

"뭐야, 애들 다 어디 갔어?"

이유승은 어리둥절한 눈으로 고개를 갸웃거렸다.

원래는 한시은 선배의 솔로곡이 첫 순서였는데, 급히 조정되어서 에이틴이 첫 순서란다.

서하린은 손사래를 치며 자리에서 일어났다.

"절대 안 돼. 시간 못 맞출 거 같아."

"내가 상황 말씀드리고 올게."

최성훈은 숨을 헐떡이며 대기실 밖을 뛰쳐나갔다.

다른 건 몰라도 시간은 제대로 엄수하라고 몇 번이나 경고를 들었는데, 지금 이 상황이 변명으로 통할지 의문이었다.

"팀장님! 팀장님!"

심지어 가장 먼저 눈에 들어온 것은 한성묵 팀장이었다.

이다영 영입 건으로 신서진이 대판 싸워 버린 터라 아무래도 껄끄러운 사이인데.

하기야 지금 누굴 가릴 처지가 아니었다.

"허억… 헉."

최성훈은 허공에 손을 휘저으며 난처한 얼굴로 입을 떼었다.

"팀장님, 부탁드리고 싶은 게 있는데 저희 순서 다시 바꿔 주실 수 없을까요?"

"왜? 준비 덜 됐어?"

머리부터 발끝까지, 어울리지 않게 양복까지 차려입고서 나름대로 쇼케이스 준비를 마친 한성묵 팀장이었다.

갑작스러운 최성훈의 말에 당황한 것은 그 역시 마찬가지였다.

"서진이랑 민하가 의상 찾으러 갔었거든요."

"그런데?"

"요 앞에서 버스 사고가 났다고……."

"뭐? 버스 사고? 걔네 다쳤어?"

최성훈도 자세한 상황은 몰랐다.

"들었을 땐 멀쩡한 것 같았어요."

"무대 설 수 있겠어?"

"…서야죠."

한성묵 팀장은 지끈거리는 머리를 부여잡으며 고개를 끄덕였다.

"그래, 서야지."

무대에 서고 싶어 하는 의지는 알았다.

하지만, 지금은 그게 문제가 아니었다.

그는 미간을 찌푸린 채 중얼거렸다.

"문 걸어 잠근다던데……."

괜히 소문 듣고 들어오는 기자들이 있을까 봐, 이번 데뷔 평가 쇼케이스는 완전 비공개 평가였다.

그 말인즉슨, 무대 순서까진 바꿔 줄 수 있어도 그 이상은 한성묵 팀장의 관할 밖의 일이라는 소리였다.

한성묵 팀장은 손을 까닥이며 말을 덧붙였다.

"두 번째로 바꿔 줄게. 당장 의상부터 빌려 와. 지금 의상 퀄리티가 중요한 게 아니잖아."

"……!"

"단체로 흰 티셔츠에 청바지로 맞추든, 대충 아무거나 걸쳐 입든. 통일성만 얼추 맞춰서 무대 의상인 척 올라가. 10분 안에 가능하지?"

"네?"

"너네 무대 안 설 거야?"

그 말의 의미를 알아챈 최성훈의 표정이 경악으로 물들었다.

의상을 버리라는 건……

"그러면 두 명은 어떡해요?"

"안 되면 너네라도 올라가야 할 거 아니냐. 나머지는 내 자율로 해 줄 수 있는 게 없어."

"아무리 그래도……"

"잠깐만. 나도 골 때린다, 지금."

한성묵 팀장은 주머니에서 울려 대는 전화기를 꺼내 한 손에 들었다.

이한나 이사로부터 걸려 온 전화였다.

"네, 이사님. 지금 두 명이 아직 못 들어온 것 같습니다."

한성묵 팀장은 두 눈을 질끈 감으며 간단한 상황을 전달했다.

가장 중요한 데뷔 평가 무대에서 두 명이나 빠졌으니 곤란해진 건 이한나 이사와 한성묵 팀장도 마찬가지였다.

그녀와의 짧은 통화를 마친 한성묵 팀장은 얼굴이 흙빛이 되어 한숨을 푹푹 내쉬었다.

사실 말은 그렇게 했지만 정말 두 명을 버리라는 의미는 아니었다.

한성묵 팀장도 그렇게까지 매정한 성격은 아니었으니까.

"만에 하나야."

"……"

"해결 안 되면 너희끼리라도 무대 올라가."

최성훈은 굳은 얼굴로 한성묵 팀장의 말을 들었다.

순서를 두 번째로 미뤄 주고 나름의 편의를 봐준다 한들, 문을 걸어 잠그는 순간 그런 건 전부 의미가 없어진다.

한성묵 팀장은 마지막으로 강조하듯 말을 뱉었다.

"딱 5분이야. 처음에 시작하고 조금 소란스러울 텐데, 그때까진 어떻게 내가 봐줄 수 있어."

잠근 문이야 살짝 열어 주면 된다.

그런데.

"대표님 들어오시고 착석하면 거기서부턴 나도 못 도와준다. 알지?"

"네."

"그분이 그런 걸 넘어갈 분이 아니야."

감점은 물론이고 데뷔 평가를 볼 수나 있을지도 불투명했다.

한성묵 팀장은 넋을 놓고 있는 최성훈을 바라보았다.

"이해했지?"

"넵!"

"이해했으면 5분 안에 애들 데려와!"

빨리!

한성묵 팀장은 재촉하듯 최성훈의 등을 떠밀었다.

*　　　　　*　　　　　*

곧 데뷔 평가 쇼케이스가 열리게 될 강당.

원래 송년회를 하는 곳인 터라, 강당 앞의 무대는 실제 음악

방송 무대와 비견될 정도는 아니어도 상당히 넓은 편이었다.

거기에 더해 강당 전체에 들어찬 SW 엔터의 관계자들.

아마 저 무대 위에 서면 정식 쇼케이스만큼의 압박감이 느껴질 것이다.

분명 저 대기실에서 다들 덜덜 떨고 있겠지.

그런 애들의 마음을 고스란히 느끼고 있는 것은 이상진 트레이너도 마찬가지였다.

연습생들을 데뷔 평가 무대에 올린 게 한두 번이 아니건만 매번 새롭게 떨린다.

"잘들 하겠지?"

이상진 트레이너는 대기실에서 벌어진 난리는 아직 모르고 있었고, 그저 첫 순서라는 에이틴을 기다리고 있을 뿐이었다.

그리고.

한성묵 팀장은 정신없이 발로 뛰느라 바빴다.

"아직도 연락이 없어? 거의 도착은 했대?"

애들을 무대에 성공적으로 올리지 못하면 대차게 깨지는 것은 이쪽도 마찬가지다. 직접 픽업을 해서라도 애들을 무대에 올리라고 했던 이한나 이사의 목소리가 아직도 생생했다.

그래서 나가려는데 이제는 연락도 되질 않는다.

한성묵 팀장은 발을 동동 구르며 전화기를 붙들었다.

"연락도 안 되면 어쩌라는 거냐, 이놈들아."

ㅡ팀장님, 연락됐어요! 곧 도착한다는데요!

한성묵 팀장은 수화기 너머로 들려오는 최성훈의 목소리에 한숨을 푹 내쉬었다.

"곧……."

곧 대표님이 오신다는데, 도보로 20분 거리에 있던 애들이 무슨 수로 시간 안에 도착하겠나. 가장 조급한 것은 본인들이겠지만 답답한 것은 한성묵 팀장도 마찬가지였다.

"사고가 난 걸 애들 탓을 할 수도 없고……. 미쳐 버리겠다, 정말."

잿빛이 되어 버린 한성묵 팀장의 표정을 힐끗거리던 매니지먼트 팀의 우상윤이 고개를 갸웃거렸다.

"무슨 일 있나?"

우상윤과 김재원은 강당의 맨 뒷좌석에 앉아 있었다.

때문에 아까부터 한성묵 팀장이 불안한 얼굴로 복도를 왔다 갔다 하고 있는 것을 다 지켜보고 있었다.

귀동냥으로 들어 보니 돌아가는 상황을 알 것 같았다.

우상윤은 의자를 뒤로 빼고선 혀를 찼다.

"애들이 늦나 봅니다. 두 명이나 빠졌나 본데요?"

아까부터 문을 닫겠다고 시끌시끌. 이 상태로 대표까지 도착하면 한성묵 팀장의 말대로 정말 돌이킬 수 없는 상황이 되어 버린다.

뒤를 돌아보니 준비를 마친 애들이 슬슬 입장 중이었다.

최성훈과 서하린, 이다영은 초조한 얼굴로 쭈뼛쭈뼛 가운데 복도를 거쳐 제자리를 찾았고, 소식을 들은 다른 녀석들도 표정이 밝지 않았다.

옆을 지나쳐가면서 자기들끼리 수군대는 목소리도 들렸다.

"어떻게 됐어?"

"일단 마중 나가지 말고 여기서 대기하고 있으래. 팀장님이 직접 나가신다고 하셨는데……."

최성훈은 난처한 얼굴로 머리를 긁적이고 있었다.

남의 일에 관심이 퍽 많은 우상윤이다. 그는 김재원의 옆에 붙어 앉아 조잘대기 시작했다.

"시간 안에 올 수 있으려나? 여기 앞에 복잡하잖아."

아, 그러고 보니 뛰어서 온다고 했던 것 같은데.

우상윤은 턱을 쓸어내리며 덧붙였다.

"아, 뛰면 가능하려나요?"

"글쎄요."

그 말을 잠자코 듣고 있던 김재원은 고개를 저었다.

우상윤은 여기저기 귀를 쫑긋쫑긋거리느라 제대로 못 들은 듯하지만, 한성묵 팀장은 분명 20분이라고 했다.

도보로 20분이 걸릴 거리를 5분 안에 올 수 있을 리가.

김재원은 입가에 조소를 머금은 채 말을 뱉었다.

"아마 시간 안에 못 올 겁니다."

*　　　　*　　　　*

유민하는 숨을 헐떡이며 도로에서 손을 흔들었다.

김재원의 예상대로 뛰어서 될 거리가 아니었다. 그건 한성묵 팀장이 5분의 유예 시간을 주었다고 해도 마찬가지였다.

"택시! 택시!"

열심히 택시를 잡았지만 정신없는 도로 위에서 멈춰 주는 택시는 없었다.

유민하는 거친 숨을 몰아쉬며 신서진을 돌아보았다.

에이틴은 두 번째 순서이다.

피해를 볼 애들한테 미안한 게 먼저였고, 두 번째는 그다음 무대에 대한 걱정이었다.

"이 다음 무대는 서게 해 줄까?"

총 두 번의 무대를 올라야 하는데, 아예 입구에서 막혀 버리면 아무것도 보여 주지 못하고 쫓겨나야 하는 거 아닐까.

"옷… 찢어 버릴걸."

유민하는 훌쩍이며 의상 가방을 내려다보았다.

완성도 있는 무대를 위해서 준비한 최선이었으나 지금은 원망스러울 뿐이었다.

여유롭게 계획을 잡았고, 무조건 시간 안에 도착할 수 있을 거라고 생각했다.

하지만, 그러한 과정은 중요치 않다.

성실하게 준비했든, 최선을 다했든.

엔터는 결과만 볼 것이다.

시간 안에 도착하지 못해서 무대에 서지 못하게 되는 그 순간부터, 자신들은 시간 엄수도 하지 못하는 불성실한 연습생이 되어 버릴 테니까.

그런 이유로 데뷔조에서 빠진다고 해도 그 누구의 탓도 할 수 없었다.

그렇지만…….

"흐읍……. 억울해……. 열심히 했는데……."

유민하는 떨리는 손으로 가방을 놓았다.

"이게 뭐야. 무대에도 못 서고……. 택시는 잡히지도 않고. 버스는 가다가 멈추고……."

데리러 온다는 한성묵 팀장은 코빼기도 보이질 않는다.

유민하는 붉어진 눈가를 옷소매로 훔치며 한숨을 내쉬었다.

이미 늦은 것은 기정사실이다.

유민하는 자포자기한 목소리로 신서진에게 물었다.

"뭘까……?"

늦은 건 늦은 거다.

들여보내 주지 않으면 그때는 정말 깔끔하게 포기해야 했다.

그게 아니라면 우선 문고리 붙잡고 매달리는 거지.

언제는 일이 다 순탄하게 풀렸었나.

유민하는 아랫입술을 피가 날 정도로 세게 악물었다.

"깽판 치는 건 자신 있잖아. 그냥 밀고 들어가자."

한성묵 팀장이 들었다면 기겁하며 뒤로 넘어갔을 소리를 아무렇지 않게 한 유민하는 신서진을 향해 손을 내밀었다.

뜻대로 안 풀리면 뒤집어 놓는 것은 신서진의 전문이다.

당연히 그러자고 할 줄 알았건만, 신서진은 고개를 저었다.

"아니."

아까부터 고민하던 신서진의 머릿속에 딱 하나의 생각이 떠올랐다.

지금까지 쌓였던 빛의 가루 전부를 소모해야 할 것이다.

하지만, 그만큼 중요한 무대다.

신서진은 울먹이는 유민하의 어깨를 토닥이며 입을 떼었다.

"침착해."

그러고는, 담담한 목소리로 덧붙였다.

"우리는 시간 안에 무대에 설 거니까."

"응?"

유민하는 놀란 눈으로 고개를 들었다.

그게 무슨 말도 안 되는 소리냐며 반문하고 싶었지만 신서진의 표정은 더없이 진지했다.

허울뿐인 위로가 아니다.

신서진은 유민하를 향해 손을 뻗었다.

"눈 감아 봐."

그 터무니없는 말에도 왜인지 정말로 눈이 감겼다.

영문도 모르고 신서진이 시키는 대로 한 그 순간.

"…어?"

몸이 부유하는 느낌이 들었다.

차가운 공기가 부드럽게 자신을 감싸 안아 올린 듯한 느낌.

찰나였지만 분명… 분명 발이 허공에 떠 있었던 것 같은데.

발이 다시 땅에 닿았다.

스르륵.

신서진은 유민하의 눈을 가리고 있던 손을 내렸다.

그리고.

"뭐, 뭐야?"

눈앞의 장소를 확인한 유민하의 두 눈이 경악으로 물들었다.

화려한 외관의 유리 건물.

그러니까 여기는…….

SW 엔터 앞이었다.

유민하는 제 눈을 의심하며 멍하니 건물을 올려다보았다.

아까까지만 해도 횡단보도였잖아.

택시가 안 잡혀서 울고 있었잖아.

그런데, 왜 눈을 떠 보니 SW 엔터 앞이냐고!

유민하는 저도 모르게 중얼거렸다.

"환각인가……? 내가 너무 가고 싶어서? 아니……. 이거 꿈인가?"

알고 보니 되게 현실적이었던 꿈 아닐까.

버스 사고가 난 것부터 데뷔 평가에 늦을 뻔한 것까지.

전부 되게 그럴싸한 꿈이었다면 말이 되는데.

그게 아니라면.

유민하는 고개를 홱 돌려 신서진을 바라보았다.

"너… 대체 뭐야?"

신서진은 입을 굳게 다문 채 가만히 서 있었다. 이렇게 엄청난 일을 벌여 놓고 더없이 태연한 표정이었다. 유민하는 재촉하듯 되물었다.

"어떻게 한 거냐고. 방금 뭐였는데? 내가 잘못 본 거 아니지?"

방금 볼을 꼬집어 봤다. 진짜 겁나 아프더라.

유민하는 본능적으로 직감했다.

꿈인 줄 알았는데 꿈이 아니다.

"네가 한 거야?"

유민하의 물음에 신서진은 피식 웃었다.

사실대로 말하자면 제가 한 것은 맞다.

"근데 그렇게 놀랄 일은 아니야. 네가 처음 날아 봐서 그래."

"뭐… 뭐라고?"

"원래 처음엔 다 놀라더라고."

그래도 이번엔 승차감이 좋았는지 공중에서 기절하지 않아 다행이었다.

무대에 서야 하는데 멀미를 호소하면 곤란하거든.

신서진은 굳어 버린 유민하에게 한 발자국 다가갔다.

놀란 마음은 충분히 이해한다.

그런데.

"지금 그게 중요한 게 아니지 않아? 우리 시간 안에 들어가야 하는데."

"어?"

10시 57분.

쇼케이스가 정말로 코앞이다.

유민하는 시간을 확인하고는 말문을 잃었다.

이것도 급한데, 방금 눈으로 본 건 충격적이고.

신서진 애는 대체 뭐 하는 애인지 모르겠고.

혼란스러워서 미쳐 버릴 것 같은 표정으로, 유민하는 신서진을 빤히 바라보았다.

어느새 유민하의 코앞에 선 신서진은 담담하게 말을 뱉었다.

"열심히 준비했고, 노력해 온 무대잖아."

신서진은 아까 그러했듯이 유민하를 향해 손을 뻗었다.

당연하지만, 일반인에게 방금의 기적을 보여 줄 수는 없다.

무사히 도착했으니 제 목적은 다한 거지.

궁금한 게 참 많겠지만······.

"지금을 잊어."

신서진은 읊조리듯 말하며 유민하의 이마에 손을 얹었다.

"우리가 여기에 왜 왔는지만 기억해."

신서진은 웃으며 유민하를 잡은 손을 놓았고.

풀썩.

그녀가 앞으로 고꾸라졌다.

*　　　　*　　　　*

"나는 초조하지 않다······. 나는 긴장하지 않았다. 나는 불안한 게 아니야. 아니, 불안해······. 우리 무대 어쩌냐. 애들은 온 거 맞아? 나 지금 떨고 있니? 애들아, 애들아?"

"제발 좀."

달달달.

최성훈은 아까부터 다리를 떨며 중얼거리고 있었다.

서하린은 그런 최성훈을 보며 눈을 흘겼다.

"정신 사나워. 나까지 불안해진단 말이야."

서하린의 투정에 이유승이 말을 얹었다.

"응, 우리 지금 불안해야 하는 거 맞아. 택시 잡을 거라고 연락 온 지도 벌써 3분 지났잖아. 근데 지금 택시 잡았어도 절대 시간 안에 못 와."

한성묵 팀장이 시키는 대로 결국 흰 티에 청바지까지 입고 대기 중이다.

몇 날 며칠을 같이 연습했던 친구들을 버리고 무대 위에 올라서야 하나.

죄책감이 먼저 들었다.

이유승은 지끈거리는 머리를 부여잡고 다른 방도를 생각했다.

"차라리 동선을 바꿔서 나머지 두 명은 뒷문을 열고 등장하는 컨셉이었다고 우기면…… 대표님께 먹힐 것 같냐?"

"엄청 티 날 것 같은데."

"…그렇지?"

시계를 돌아보니 10시 59분이다.

대표님도 출발하셨겠네.

"난 몰라."

최성훈은 눈을 질끈 감았다.

이제 두 사람이 시간 안에 도착할 거라는 기대는 완전히 접은 상태. 최대한 빨리 도착하길 바라는 마음으로 기도하는 것밖에는 방법이 없다 생각했다.

11시 정각.

곧 문이 닫힐 시간이다.

"안 오겠지……?"

초조한 마음으로 10초에 한 번씩 뒤를 쳐다보고 있던 이다영이다.

아직 대표는 도착하지 않았고, 애들에게는 연락이 없다.

착잡한 심정으로 답 없는 전화기를 붙들고 있던 순간이었다.

끼이익—.

뒷문이 활짝 열렸다.

그리고.

최성훈은 두 눈을 동그랗게 뜨며 자리에서 벌떡 일어났다.

"어… 어어!"

양손 가득 의상 가방을 움켜쥔 채 눈치를 살피며 들어오는 두 사람.

최성훈은 반가운 나머지 비명을 내질렀다.

"신서진! 유민하!"

두 사람이 무사히 도착했다.

* * *

시끌시끌하던 강당이 일순간 조용해졌다.

신서진과 유민하가 무사히 착석한 뒤에, 몇 분이 지나지 않아 쇼케이스장에 모습을 드러낸 것은 SW 엔터의 한태무 대표였다.

조금만 더 늦었어도 정말 뒷문이 닫힐 뻔했다.

한성묵 팀장은 놀란 가슴을 쓸어내렸다.

상황을 알 리 없는 대표는 강당을 스윽 돌아보며 중얼거렸다.

"왜 이렇게 시끌시끌해."

"아, 다들 준비하느라 바빴던 모양입니다."

별일은 없었던 것 같다며, 한성묵 팀장은 대표의 눈치를 살피면서 애들을 앉혔다. 곧바로 데뷔 평가에 들어갈 수 있도록 세팅은 전부 마친 상황이다.

"그래. 시작하지."

제자리에 착석한 한태무 대표는 앉자마자 데뷔 평가 리스트를 확인했다.

에이틴이 두 번째 순서로 돌아가면서 첫 번째 순서는 한시은이 맡게 되었다.

솔로곡으로 활동할 예정이니만큼, 데뷔 평가 역시 혼자서 따로 보게 된 것.

혼자서도 커다란 무대를 충분히 채울 수 있는 아이라 생각하여 내린 판단이지만, 한태무 대표에게는 다른 의미로 떨리는 순간이다.

그도 그럴 것이 한태무 대표의 첫째 딸이다.

그는 능청스럽게 의자를 뒤로 빼며 말을 뱉었다.

"어, 첫 순서는 내가 사심을 담아서 채점할 것 같으니까 나 빼고 알아서들 하라고."

한태무 대표의 말에 심사 위원을 맡은 직원들이 너털웃음을 터뜨렸다.

이상진 트레이너는 웃으면서 평가표를 들었다.

한시은의 실력이야 의심할 바가 없었다.

어릴 때부터 SW 엔터에서 연습생들과 같이 생활하면서 몇 년을 가르쳐 왔으니, 나름의 확신이 있었다.

그 뒤에는 서을예고에 입학해서 거기서도 줄곧 최상위권을 유지했던 것 같고……

연습생으로서는 막힘없는 황금 가도를 달려온 셈이었다.

하지만, 그런 한시은이라고 해도 정식 데뷔 후에는 대중들에게 던져져야 한다. 한태무 대표의 딸이라는 이유로 물어뜯을 사람들도 많을 것이고, 언론의 집중도 그만큼 많이 받게 될 것이다.

빽으로 데뷔한 거 아니냐는 소리를 듣지 않으려면, 오히려 더 깐깐하게 평가해야 한다고 생각했다.

때문에 이상진 트레이너의 눈이 더 예리하게 빛났다.

"안녕하세요, 한시은입니다!"

당찬 목소리에 자신감 있는 미소. 무대 위에 올라온 한시은은 〈Better than that〉이라는 팝송을 선곡했다.

첫 순서에 단독 무대. 심리적으로 압박이 들 만한 상황이었으나, 모두의 걱정을 깨고 한시은은 편안하게 무대를 시작했다.

'난놈은 난놈이야.'

발성 체크.

호흡 체크.

표정까지 체크 완료.

'이 곡을 이렇게 해석하네?'

평가지에 점수를 써 내려가던 이상진 트레이너는 피식 웃었다.

흠잡을 데 없이 잘한다. 춤에 일가견이 없는 자신이 봐도 춤선이 매끄러울 뿐더러, 빼는 구석 없이 넘쳐흐르는 자신감까지.

스타성을 타고난 아이였다.

이상진 트레이너는 고개를 돌려 다른 심사 위원들을 바라보았다.

이한나 이사는 노래에 맞춰 발을 까닥이고 있고, 한태무 대표야…… 말할 것도 없다. 자신이 봐도 보기 좋은 무대였는데. 한태무 대표는 아예 입이 귀에 걸려 있었다.

"네, 수고하셨습니다!"

한시은의 솔로 무대가 끝나자마자 여기저기서 박수가 터져 나왔다.

"크흠."

대표는 헛기침을 하면서도 한동안 여운에서 벗어나지 못한 얼굴이었다.

"너무 좋아하시는 것 아닙니까?"

"잘하긴 잘하잖아."

잘하긴 참 잘했지.

능청스러운 그의 말에 모두가 수긍할 수밖에 없었다.

이상진 트레이너는 웃으며 평가지를 뒤로 넘겼다.

"이렇게 되면 뒷순서가 되게 부담되겠는데요……."

그렇게 별생각 없이 순서를 확인했는데, 예상치 못했던 이름이 있었다.

이상진 트레이너는 멈칫하고선 고개를 갸웃거렸다.

"아……."

에이틴.

새벽까지 자신이 무대를 봐줬던 친구들이었다.

"얘네가 뒷순서네."

실력이야 어디 가서 밀릴 수준이 아니었다. 까다로운 편인 이상진 트레이너의 눈에 들어온 녀석들이니 말이다. 하지만, 경험이 상대적으로 부족한 터라 이런 큰 무대에서 잘 해낼지, 그 점이 걱정이 되었다.

더욱이 이전 무대에 후한 평가를 내렸던 심사 위원들이니만큼, 바로 이어질 뒷무대는 상대적으로 깐깐하게 볼 수밖에 없을 테니…….

에이틴에게는 썩 좋은 상황이 아니다.

한태무 대표는 입가에 미소가 떠나지 않은 상태로 이한나 이사에게 물었다.

"팀 조정이 있었다고 했지?"

"네, 이다영이라고. 이 친구가 새로 들어온 친구거든요."

신인 개발 팀에서도 결정하기까지 상당히 많은 고민을 했던 것 같은데, 만약에 별로면 데뷔 평가에서 빠질 수도 있는 일이었다.

데뷔가 확정되기 전까지는 그 어떤 것도 확정된 것이 아니다.

힘들게 데뷔 기회를 따냈으면 그만한 실력을 보여 줘야지.

'가치를 제대로 증명해 줬으면 좋겠군.'

한태무 대표는 그렇게 생각하며 고개를 들었다.

어느새 웃음기가 가신 얼굴이었다.

*   *   *

"하이고… 힘들다."

최성훈은 숨을 헐떡이며 벽을 한 손으로 붙잡았다.

오늘 하루 마음 졸이고 발을 동동 구른 걸 생각하면, 지금 이 무대에 서는 것 자체가 기적이다.

"너는 괜찮냐?"

"그럴 리가. 하아……. 죽을 거 같아."

유민하는 거친 숨을 몰아쉬며 고개를 저었다.

기진맥진한 건 이쪽이 더했다.

아침 일찍부터 무대 직전까지 그렇게 고생을 했으니 다리가 후들거릴 지경이었다.

오자마자 쉬지도 못하고 무대 뒤에서 의상부터 갈아입었다.

유민하는 혀를 내두르며 신서진을 올려다보았다.

"너는… 진짜 어떻게 멀쩡한 거야?"

"아니, 지금 되게 힘든데."

"전혀 안 힘들어 보이는 얼굴인데……?"

"그런가?"

신서진은 머리를 긁적이며 되물었다.

티를 안 내고 있지만, 사실 힘들어 죽을 것 같다.

한국에 내려와서 신의 권능을 단시간에 이렇게 쏟아부은 적이 있었나.

빛의 가루가 아예 바닥이 나 버렸다. 그 바람에 다시 관절이 쑤셔 오기 시작했다고.

아이고, 삭신이야.

신서진은 속으로 중얼거리면서 유민하를 힐끗 돌아보았다.

아까의 일을 전혀 기억하지 못하는 표정이다.

마지막 남은 빛의 가루까지 긁어모아 권능을 쓴 보람이 있다.

유난히도 우여곡절이었던 준비 과정.

결코 좋다고 말할 수는 없는 몸 상태.

하지만, 잘할 수 있을 거라는 확신이 있었다.

"으아, 시은 선배 무대 끝났나 봐."

심사 위원들을 목소리를 엿듣고 있던 서하린이 침을 삼켰다.

그러고는, 새삼 진지한 얼굴로 손을 내밀었다.

"보여 주자."

그 말에 이유승이 고개를 끄덕였다.

"그래, 우리 연습한 시간이 있잖아."

그 시간이 억울해서라도 보여 줄 건 다 보여 주고 오겠다.

찰나의 순간, 눈이 마주쳤다.

에이틴은 웃으며 한데 손을 모았다.

무대에 올라서기 전, 마지막 삼창이었다.

최성훈이 목소리를 높여 크게 외쳤다.

"에이틴 파이팅!"

"파이팅! 파이팅! 파이팅!"

                    *   *   *

한 걸음, 두 걸음.

신서진은 천천히 무대 위로 걸어 나왔다.

밑에서 볼 때는 몰랐는데 여기서 내려다보니 새삼 실감이 난다.

강당 가득 들어찬 사람들. 그 앞에 나란히 앉아 있는 심사 위원들까지.

등장과 함께 환호성을 내질러 줬던 서울예고의 친구들은 없다.

양복을 입고 딱딱하게 앉은 대표와 직원들이 있을 뿐이지.

여기는 정말 평가를 받기 위한 공간이라는 것이 실감이 났다.

이들을 만족시켜야 한다.

이렇게 긴장을 주는 무대가 있었던가.

이 공간이 주는 위압감에 기가 눌릴 법도 했건만, 마이크를 손에 쥔 유민하는 여느 때와 같이 환하게 웃으며 무대의 중앙에 섰다.

믿고 듣는 도입부 장인 유민하다.

⟨Blue sky⟩의 첫 소절이 그녀의 입에서 흘러나왔다.

느낌이 좋아
부서지는 햇살 속에
나는 지금 달리고 있어

유민하의 청아한 음색에 굳어 있던 심사 위원들의 표정이 풀렸다.

들으면 기분이 좋아지는 목소리. 유민하에게는 그런 매력이 있었다.

그다음으로 가장 신경 써서 연습했던 이유승과 최성훈의 랩 크로스 파트.

최성훈과 이유승은 앞으로 튀어나와 툭툭 부드럽게 랩을 던졌다.

Blue blue sky 손을 뻗어 touch the air
고도를 높여 그 도에 올라

"I think."
"I."

"Feeling high!"

짝—.

최성훈과 이유승은 손뼉을 치며 가볍게 크로스했고.

신서진은 랩을 건네받았다.

신서진의 목소리 위로 유민하와 서하린의 화음이 더해진다.

보컬로 승부 보겠다는 생각으로 모든 혼을 갈아 넣은 파트였다.

닿지 못할 *sky*

Blue blue sky

바람의 조각이 되어

흩날려 왔어

세 사람의 목소리가 마치 설계한 듯 한데 어우러진다.

짜임새 면에서 흠잡을 곳이 없는 완벽한 화음.

관중석에서도 짧게 탄성이 터져 나온 듯하다.

느낌이 좋아

부서지는 햇살 속에

나는 지금 달리고 있어

닿지 못할 sky

Blue blue sky

바람의 조각이 되어

흩날려 왔어

이 무대를 위해 정말 많은 걸 준비했다.

데뷔를 앞둔 딱 하나의 무대.

그만큼 소중했고, 그만큼 간절했던 무대를 준비하면서 깨달았다.

무대를 만드는 건 그림을 그리는 것과 크게 다를 바가 없다는 걸.

계획했던 동선과 생각했던 의상.

연습했던 보컬과 구상했던 안무까지.

그 모든 것들을 하나로 엮어서 하나의 그림을 만들어 낸다.

그러니까, 지금은.

그렇게 완성된 그림을 보면서 희열을 느끼는 중이었다.

닿지 못할 sky
Blue blue sky
바람의 조각이 되어
흩날려 왔어

"하아… 하."

그림은 완성됐다.

무대는 끝났다.

모든 것을 쏟아부었다.

신서진은 거친 숨을 몰아쉬며 고개를 돌렸다.

그리고.

"와아아아—!"

"수고했다, 얘들아!"

그동안의 노력에 보답하듯, 우레와 같은 박수 소리가 터져 나왔다.

*　　　*　　　*

"무대를 정말 영리하게 잘 짰어요."

이한나 이사의 평은 그러했다.

자칫 심심할 수 있었던 노래에 풍부한 화음을 넣어서 듣는 재미를 살렸고, 컨셉과 딱 걸맞은 의상을 준비해서 보는 재미를 살렸다.

"의상, 저거 직접 구해 온 거지?"

"네, 처음부터 끝까지. 애들이 다 짜 온 걸로 알고 있습니다."

"그거 때문에 늦을 뻔했다고……. 아, 아닙니다."

한성묵 팀장은 목소리를 낮춰 말하다가 말을 멈추었다.

옷 하나 챙기겠다고 웬 동대문까지 갔나 했는데, 아침부터 그 개고생을 한 보람이 있다.

이상진 트레이너는 평가지 작성을 마치고선 말을 얹었다.

"노래를……. 이야, 연습 때보다 더 잘했는데요."

화음은 정말 까딱하면 안 맞을 수도 있다.

눈을 감고 화음을 맞춰도 어우러지기 위해서 저 애들이 몇 번을 연습했는지 모른다.

짧은 준비 시간까지 생각한다면 정말로 완성도가 높은 무대였다.

적어도 그 자리의 심사 위원들은 그렇게 생각했다.

꽤 잘했는데.

'대표님은 왜 말이 없으시지?'

이한나 이사는 한태무 대표를 힐끗거리며 눈치를 살폈다.

아까는 입이 귀에 걸려 있더만 지금은 가만히 앉아 두 눈을 감고 있을 뿐이다.

무대에 마음에 안 드는 구석이라도 있었나.

트레이너들도 덩달아 긴장한 얼굴로 대표의 말을 기다렸다.

그 순간, 손을 모은 채 굳어 있던 대표가 천천히 눈꺼풀을 들어 보였다.

"음……."

무대 위에는 긴장 탓에 얼굴이 발그레해진 에이틴이 서 있었다.

이토록 뜸을 들일 생각은 아니었는데.

아까의 무대를 머릿속에서 정리하느라 시간이 조금 걸렸다.

화음 하나 하나를 뜯어보고.

안무를 곱씹었다.

자연스러운 시선 처리와 무대를 즐기는 태도를 보았다.

'아주 마음에 들었어.'

아무래도 애들을 너무 기다리게 한 것 같다.

한태무 대표는 마이크를 들고선 입을 뗐다.

"수고했다. 데뷔 축하한다."

데뷔라니.

그 말을 이해하기까지는 시간이 조금 걸렸다.

대표의 말을 곱씹던 최성훈의 두 눈이 뒤늦게 동그래졌다. 최성훈은 그 자리에 그대로 얼어붙고 말았다.

"진, 진짜요?"

"저희… 데뷔하나요?"

동시에, 이다영의 얼굴에 환한 미소가 떠올랐다.

누가 먼저랄 것도 없이, 모두가 서로에게 달려들었다.

"와아아아아악!"

"꺄아아악!"

무대 위에서.

에이틴은 부둥켜안으며 방방 뛰었다.

Chapter. 2

그다음에는 곧바로 B유닛의 무대가 이어졌다.

B유닛이 준비한 〈퐁당〉.

저 상큼한 곡을 어떻게 해석하려나 상당히 걱정했었다.

그런데.

"뭐야?"

생각보다 더 잘한다.

부드러운 춤 선으로 센터를 잡은 신서진과, 능청스러운 표정 연기로 시선을 사로잡게 만드는 최성훈.

쿵쿵.

몇 번을 연습했는지 발이 딱딱 맞는다.

보는 사람도 괜히 흥에 겨워서 리듬을 타게 되는 무대.

파워풀한 노래만 줄곧 커버해 온 차형원은 부끄러워하면서도 의외로 곡을 잘 소화해 냈다.

방금 조금 움찔한 것 같기는 한데.

"크흡."

그 모습을 지켜보고 있던 이상진 트레이너는 웃음을 참지 못하고 고개를 떨구었다.

"왜들 잘하냐."

좋은 의미로 웃음이 실실 나오는 무대랄까. 심사 위원들의 얼굴에도 부드러운 미소가 떠올랐다. 이한나 이사는 흡족한 표정으로 입을 열었다.

"이 조합도 의외로 괜찮네요. 에이틴은 그렇다 쳐도, 형원이랑 강민이는 새로 들어온 애들인데."

"연습을 많이 했나 본데요."

앞좌석의 심사 위원들이 B유닛의 무대에 호응하기 시작했고, 뒷좌석 역시 분위기가 좋은 것은 마찬가지였다.

맨 뒷좌석에서 무대를 지켜보고 있던 우상윤은 옆자리의 김재원을 손으로 툭툭 쳤다.

"애들 잘하죠?"

아까 전부터 턱이 빠져라 입을 벌리고 있더라니.

우상윤은 이미 B유닛의 무대에 홀딱 정신을 내놓은 듯했다.

김재원은 빳빳한 자세로 우상윤의 말에 대답했다.

"그렇게 뛰어 들어간 것치고는 제법이네요. 올 때는 얼굴이 하얗게 떠 있던데."

"그러니까. 표정 관리는 참 잘해요. 저대로 데뷔시켜도 되겠어."

우상윤은 손뼉을 치며 중얼거렸다.

무대 위에서 퐁당퐁당거리는 신서진이 눈에 들어왔다.

"소화하기 쉽지 않은 노래인데……."

저 녀석이 궁금해서 이상진 트레이너한테 몇 번이고 말을 걸었지만, 잘한다고만 했지 자세한 얘기는 들려주질 않았다.

유명한 소문에 비해 생각보다 실력이 부족한가?

처음에는 그렇게 추측했었는데, 아니었다.

왜 그렇게 꽁꽁 숨겨 놨는지 알겠다.

우상윤은 손가락을 까닥이며 진지하게 말했다.

"애가 풋풋한 맛이 있네."

"예?"

"약간 저 나이 또래의 순수함이라고 해야 하나. 그런 게 보이지 않습니까?"

왜인지 김재원의 얼굴이 잠깐 일그러졌다.

"저… 친구가요?"

"약간 그런 이미지로 밀고 가면 먹힐 것 같은데."

순수함.

강조하듯 뱉는 우상윤의 한마디에 김재원이 고개를 돌린 채 중얼거렸다.

"…별로 안 순수할 텐데."

"응? 뭐라고 했어요?"

김재원의 말을 제대로 듣지 못한 우상윤이 눈을 동그랗게 뜨고선 되물었으나, 그는 딱딱하게 굳어선 손사래를 쳤다.

"아, 아무것도 아닙니다."

마침 앞에서는 〈퐁당〉의 무대를 마친 신서진이 쭈뼛거리며 나오고 있었다. 심지어 이번에는 긴장했는지 심사 평을 건너뛰고 내려오려다가 딱 걸렸다.

저 얼타는 모습마저 우상윤의 눈에는 순수해 보이는 것이었다.

우상윤은 실실 웃으며 흥분한 목소리로 덧붙였다.

"아무래도 제 말이 맞는 것 같죠? 애가 순수하네. 안다운 씨가 딱 그런 스타일의 후배를 좋아하거든."

"······."

"나중에 저 친구 김재원 씨가 맡나?"

"아마 아닐 겁니다."

고선재 매니저가 그대로 맡게 될 예정이란다.

우상윤은 고개를 끄덕이며 피식 웃었다.

"선재랑 죽이 잘 맞을 타입이긴 하죠. 아, 방금 무대 정말 괜찮았는데. 애들 저런 컨셉으로 데뷔시키면 안 되려나. 아······."

중얼중얼.

우상윤은 신이 난 얼굴로 혼자 떠들어 대고 있었고, 김재원은 그를 떨떠름한 표정으로 쳐다보았다.

"가만 보니까 요즘 애들이 좋아할 느낌이긴 해. 귀여운 상이잖아."

"아, 예."

"인사할 때 표정 봐라. 스읍, 애가 뭘 좀 아는데?"

"······."

이제는 슬슬 대꾸도 안 해 준다.

그렇게 어색한 공기 속에 G유닛의 무대가 이어지려던 순간.

"저, 팀장님······."

김재원은 갑자기 자리에서 일어났다.

"응?"

우상윤은 놀란 눈으로 고개를 들었다.

"이 분위기에서 나간다고?"

"화장실이 급해서 그렇습니다."

쇼케이스가 한창 진행되는 와중에 자리를 비우는 걸 좋아하지 않는 한태무 대표였다. 괜히 시끄럽게 얘기하다가 걸리면 곤란하니, 우상윤은 최대한 목소리를 낮췄다.

"어… 어……. 뒷문으로 조용히 나가요."

"네, 알겠습니다."

고개를 끄덕인 김재원은 우상윤을 놔두고 그대로 강당을 빠져나왔다.

우우웅ㅡ.

아까부터 주머니 속 전화기가 요란하게 울리고 있었다.

김재원은 난처한 얼굴로 머리를 긁적였다.

"쇼케이스 중이라니깐……."

사실 화장실에 가겠다는 말은 거짓말이었다.

김재원은 복도로 들어서자마자 주변을 살폈다. 사람이 없는 것을 확인한 후에야, 김재원은 잠잠해진 휴대전화를 꺼내었다.

"네, 김재원입니다."

그는 침을 삼키고선 수화기 너머의 목소리를 기다렸다.

딸깍, 소리와 함께 낮게 깔린 목소리가 답해 왔다.

김재원은 지금까지의 상황을 짧게 보고했다.

"지금 무대 하고 있습니다. 데뷔 확정된 것 같습니다."

"네, 제가 직접 무대 확인했습니다."

"넵."

몇 마디의 대화가 더 오가고.

자리를 더 오래 비울 수 없었던 김재원은 슬슬 강당으로 발걸음을 옮겼다.

"네. 다음에 또 연락드리겠습니다."

뚝.

김재원은 강당 문 앞에서 전화를 끊었다.

문틈 사이로 입이 귀에 걸려 있는 우상윤이 보였다.

보아하니 신서진이 앞에 나와서 또 몇 마디를 하고 들어간 것 같은데.

'애가 풋풋한 맛이 있네.'

순수하다며 흡족해하던 우상윤 팀장의 말이 귓가에 맴돌았다.

으.

역시 표정 관리 하기 힘들다.

"지보다 몇천 살은 더 먹었을 텐데 순수하긴 무슨……."

김재원은 질색하며 인상을 찡그렸다.

*   *   *

다사다난했던 데뷔 평가 쇼케이스가 막을 내렸다.

결과는 아홉 명 모두 무난히 데뷔 확정.

한성묵 팀장은 데뷔 평가가 끝나자마자 아홉 명을 차에 태워서 SW 엔터 근처 고깃집으로 향했다.

데뷔 평가가 1차에 안 끝나고, 2차, 3차까지 가는 경우도 다반사인데, 이번에는 큰 지적 없이 마무리되었다는 점에서 한성묵 팀장도 한시름을 놓았다.

앞으로 데뷔까지 갈 길이 또 구만리겠지만 일단 오늘은 그 시작점을 찍는 날이다.

데뷔 확정을 축하하는 기념으로 이렇게 고깃집에 모였다.

한성묵 팀장은 호탕하게 웃으며 말했다.

"시키고 싶은 거 다 시켜라."

"진짜요?"

"…한우도 돼요?"

"야, 여기 삼겹살집이야."

돼지고기집에서 한우를 찾고 있던 최성훈은 조용히 입을 다물었고, 유민하와 한시은은 진작에 메뉴판을 펼쳐 놓고 시킬 메뉴를 고르고 있었다.

"저희 진짜 맛있는 거 다 시킬게요, 팀장님!"

"그래."

신서진은 턱을 괸 채 어깨 너머로 메뉴판을 확인했다.

유민하는 신서진을 슬쩍 돌아보며 물었다.

"뭐 시킬래?"

"으음……. 비싼 거?"

모름지기 음식이 비싼 데에는 이유가 있다.

신서진은 메뉴판을 스윽 훑고선 가장 비싼 것을 골랐고…….

"그거 술이야."

유민하에게 기각당했다.

"마시면 안 돼."

"나는 되는데."

"……?"

신서진은 아쉽다는 듯 입맛을 다시고선 차형원에게 메뉴판을 토스했다.

"뭐 드실래요?"

"어, 내가 한번 볼까?"

차형원과 한시은의 손에 메뉴판이 들리자, 메뉴 선정은 일사천리로 이루어졌다.

양념갈비 5인분에, 삼겹살 5인분.

수북이 쌓인 삼겹살이 머지않아 등장했다.

한성묵 팀장은 정신없이 애들을 챙기면서 불판 위에 고기를 얹었다.

치지지직.

불판을 달구는 소리에 신서진은 침을 삼켰다.

서을예고의 급식도 먹을 만하지만, 확실히 밖에 나와 먹는 음식은 차원이 다르다.

노릇노릇하게 익어 가는 고기를 가만히 지켜보고 있는데, 한성묵 팀장이 어깨를 토닥이며 말을 걸었다.

"너네 체중 관리도 해야 한다. 알지?"

아까는 시키고 싶은 거 다 시키라면서.

신서진은 인상을 찌푸리며 한성묵 팀장을 돌아보았다.

한성묵 팀장은 헛기침을 하면서 말을 덧붙였다.

"어, 그래도 오늘은 편하게 먹어."

"네엡!"

한성묵 팀장의 허락에 얼굴이 환해진 유민하가 전투적으로 달려들었다.

체중 관리 때문에 자주 못 먹어서 그렇지 워낙에 고기를 좋아했다.

슥삭슥삭.

보기 좋게 익은 삼겹살을 잘라서 밥 위에 올리고, 상추쌈을 말아 크게 입에 집어넣으면…….

"와."

유민하는 감동받은 얼굴로 두 눈을 반짝였다.

데뷔 평가를 준비하는 동안 최대한 식단을 조절해야 했다. 특히 무대 당일에는 얼굴이 부을까 봐 밥도 안 먹고 버텼는데, 그 상태에서 동대문을 휘젓고 다녔으니 당연히 배가 고플 수밖에 없었다.

허기가 지는 것은 신서진도 마찬가지였다.

"스읍…….."

신서진은 양념갈비에 온 시선을 집중하고 있었다.

지난번에 주영준 선생이 사비로 사 줬던 양념갈비.

그때, 이미 신세계를 맛보았다.

알고 있는 맛이기에 더욱 침이 고인다.

"야, 익었어. 먹어도 돼."

차형원이 가위로 양념갈비를 잘라 주자, 신서진은 두 눈을 반짝이며 달려들었다.

타지 않은 양념갈비 하나를 조심스레 집어 한입에 밀어 넣었다.

고기는 맛있다.

양념을 바른 음식은 맛있다.

그러니 둘의 조합은 맛있을 수밖에 없다는 것이 신서진이 내린 결론이었다.

"뭐냐? 이 집이 더 맛있어……."

신서진은 흔치 않게 흥분한 목소리로 갈비를 몇 점 더 집었다.

간이 되어 있는 자극적인 맛. 신서진은 입안에 감도는 고기의 풍미에 적잖이 감탄했다.

올림포스에도 필히 보급해야 할 맛이다.

기름진 맛을 잡아 주는 양념과, 입안에서 살살 녹는 고기의 조화.

신서진은 거의 흡입하듯 고기를 먹어 대기 시작했다.

그 모습을 가만히 지켜보던 한성묵 팀장이 쭈뼛거리며 말했다.

"얘들아."

신서진은 무슨 일이냐는 듯 한성묵 팀장을 돌아보았다.

그는 헛기침을 하면서 말을 뱉었다.

"편하게 먹어라."

"네."

"편하게 먹으라고……."

신서진은 고개를 끄덕이며 손을 들었다.

"양념갈비만 1인분 더 시켜도 되나요?"

"양념갈비 1인분이요!"

한성묵 팀장은 무언가 잘못되었음을 직감했다.

데뷔 후에는 식단 관리를 시켜야 하는데. 아무리 오늘이 날이라지만…….

편하게 먹으라고 했지만…….

너무…….

"1인분 더 시킬까?"

너무 잘 먹는 거 아니냐!

한성묵 팀장은 어색하게 웃으며 신서진을 제지했다.

"그… 서진아."

"편하게 먹으라면서요."

"어?"

"지금 불편한 거 같아요."

신서진의 한마디에 한성묵 팀장은 그대로 입을 다물었다.

"옆으로 조금 가 주실래요."

"나 쟤랑 진짜 안 맞아……."

한성묵 팀장은 투덜대며 자리를 옮겼고, 그 모습을 지켜보던 한시은이 웃으며 덧붙였다.

"아, 팀장님. 서진이도 사람인데 먹는데 눈치 주면 싫어하겠죠."

"사람 아닌데……."

잠깐 신서진의 중얼거림이 들린 것 같지만, 다들 먹느라 정신이 없었다.

그래, 날도 날인데 열심히 먹어라.

본격 데뷔 준비 이후엔 국물도 없을 테니까.

한성묵 팀장은 그렇게 생각하며 화제를 돌렸다.

"다들 데뷔 평가 준비하느라 고생 많이 했지?"

이다영의 영입 건으로 에이틴과 많이 부딪혔던 한성묵 팀장이었다.

당시에는 애들이 웬 말도 안 되는 사고를 치나 타박만 놓기 바빴는데, 그래서인지 더 마음이 쓰였던 이다영이다.

마지막까지 데뷔가 확정되지 않은 상태로 더 마음고생을 했을 터였다.

한성묵 팀장은 이다영을 돌아보며 물었다.

"다영이는 어땠어?"

"저는……."

이다영은 한성묵 팀장의 물음에 자세를 고쳐 앉았다.

워낙에 낯을 가리는 성격이라 SW 엔터에서 발음 교정까지 받았었다.

그래서인지, 말 한마디 한마디에 괜히 신경이 쓰인다.

"정말… 좋은 기회 잡은 거니까 열심히 하겠습니다."

이다영은 수줍게 웃으며 입을 떼었다.

전보다 훨씬 자신감이 보이는 목소리에, 한성묵 팀장은 피식 웃었다.

"그래, 다들 열심히 해라."

한성묵 팀장은 제 앞에 놓인 유리잔을 들었다.

"파이팅 한번 해 볼까?"

다들 먹느라 정신이 없는 듯하지만.

입안 가득 양념갈비를 밀어 넣고 우물거리던 신서진은 뒤늦게 고개를 들었다.

한성묵 팀장은 애들을 돌아보며 흐뭇하게 입을 떼었다.

"우리 축사는 생략하고, 파이팅만 외쳐 보자."

"네엡!"

"자자, 다들 잔 들고—!"

그래 봤자 안에 든 건 사이다지만.

파이팅 하나는 어디 가서 밀리지 않는다.

"우어어어어!"

최성훈의 우렁찬 외침과 함께.

짠—.

아홉 개의 잔이 허공에서 부딪혔다.

*   *   *

문이 벌컥 열리자마자, 이상진 트레이너가 환한 얼굴로 맞이했다.

데뷔 평가를 준비하느라 고생했을 아홉 명. 마침내 이렇게 데뷔가 확정되기까지 그 과정을 바로 옆에서 지켜봐 온 이상진 트레이너였다.

입이 귀에 걸려 있는 것은 당연했다.

이상진 트레이너는 너털웃음을 터뜨리며 말했다.

"축하한다. 너네 데뷔 확정되었다면서?"

"네에!"

"꺄아아아!"

한시은은 기분 좋은 비명을 내지르며 그 자리에서 방방 뛰었다. 이상진은 그렇게도 좋냐며 피식 웃었다.

아홉 명 전원이 모인 연습실.

요새는 아홉 명은 기본으로 깔고 가는 그룹도 많다지만, 이렇게 모아 놓으니 생각보다 많다.

이상진 트레이너는 주머니에 손을 꽂은 채 애들을 천천히 둘러보았다.

"혼성 그룹은 나도 보컬 트레이닝 하는 동안 처음 봐서. 이렇게 모아 놓으니 더 신기하다, 야."

아직 그룹 이름은 미정, 멤버가 픽스되었으니 회사에서는 슬슬 앨범 준비에 들어갈 터였다.

그 전에 유닛의 인지도를 올리려고 계획해 둔 플랜이 있었다.

이상진 트레이너는 전달받은 사항을 찬찬히 설명했다.

"커버는 많이 해 봤지?"

"네엡!"

"엔터 선배들 곡 커버해서 공식 계정에 올린다더라."

SW 엔터 정도의 기획사면 선배 그룹들의 팬층이 상당히 두터운 편이었다.

쓰레기 소속사니, 뭐니 허구한 날 욕해도 내리사랑을 무시할 수는 없는 법.

그런 이유로 데뷔 전에 공식 너튜브로 슬슬 얼굴을 알리겠다는 소리였다.

이상진은 피식 웃으며 말을 덧붙였다.

"나름 회사 차원에서 지원사격 해 주는 거야. 열심히 해라."

"물론이죠!"

"아, 그리고. 커버곡 너네 단독으로 찍는 거 아니야. 내가 듣기로는……."

"선배랑 같이 찍어요?"

유민하의 질문에 이상진은 고개를 끄덕였다.

"어, 그렇다던데?"

"진, 진짜요?"

데뷔도 전에 선배와의 커버곡이라…….

예상 밖의 기회에 단체로 눈이 휘둥그레졌다.

허강민은 쭈뼛거리며 조심스레 손을 들었다.

"그 선배님이 누구신데요?"

"요즘 되게 핫한 래퍼 있잖냐. 이번에 우리 엔터에 새로 들어온."

이상진 트레이너의 말에 한시은의 두 눈이 동그래졌다.

나머지는 모르는 것 같았지만, SW 엔터 일이라면 줄줄이 꿰고 있는 한시은이라 그 정도의 설명으로도 짐작할 수 있었다.

"설마… 안다운 선배님?"

"어."

"와아아아악!"

허강민과 한시은은 동시에 비명을 지르며 튀어 올랐다.

안다운을 한 번도 본 적 없는 차형원 역시 마찬가지 반응이었다.

"와, 대박. 그분이요?"

한시은은 두 눈을 반짝이며 발을 동동 굴렀다.

"나 진짜 팬인데!"

"꺄아아아아!"

이쪽은 거의 축제 분위기다.

반면.

그 옆에 선 신서진의 표정은 썩어 가고 있었다.

신서진은 떨떠름한 목소리로 입을 떼었다.

"…아, 그분이요?"

어째 참 자주 보는 것 같다.

*   *   *

다음 날, SW 엔터 안다운의 작업실.

문을 열고 들어가자 곡 작업 중이던 안다운이 헤드셋을 내려 놓으며 손을 흔들었다.

SW 엔터에 온 지 얼마 되지 않은 안다운이다.

굳이 후배들에게 시간을 내어 커버곡 촬영까지 같이할 필요 는 없었는데. 재밌겠다며 먼저 협업 제안에 나선 것이 안다운이 었다.

"내 곡 커버하기로 했다면서?"

차형원은 격하게 고개를 끄덕이며 맨 앞에 섰다. 랩에 관심이 많았던 차형원은 오디션 프로에 많이 출연했던 안다운을 알고 있었고, 진심으로 팬이었다.

"네. 북쪽 하늘 커버하러 왔습니다. 저 진짜 팬입니다."

"어, 여기 내 팬이 좀 많더라."

이미 너무 많이 당해서 그 말은 안 믿기로 했다. 대신 안다운 은 고개를 끄덕이며 신서진을 돌아보았다.

첫 만남부터 다짜고짜 팬이라며 달려들었던 녀석.

"너는 이 곡 아냐?"

"처음 들⋯⋯."

솔직하게 대답하려던 신서진의 옆구리를 유민가가 쿡쿡 찔렀다.

안다운과 협업한다고만 했지, 커버곡은 이곳에 오기 직전에 결정 난 거라 정말 모르는 노래가 맞는데.

"많이 들었습니다. 팬입니다."

"무슨 노래인데?"

신서진은 당황한 얼굴로 두 눈을 굴렸다.

제목만 듣고 장르를 맞히는 능력이 있었다면 참 좋았을 텐데, 유감스럽게도 그런 음악적 재능은 없다.

그런고로⋯⋯.

찍었다.

"잔잔한 발라드라서 편안하게 듣기 좋았습니다."

"나 래퍼야."

"아."

'북쪽 하늘'이라길래 왠지 감성적인 노래일 줄 알았다.

"잘못 찍었네요."

"맞힐 거라고 기대도 안 했어."

안다운의 곡 중에서 비교적 인기 있는 노래는 아니었으니 모를 수도 있지.

그는 피식 웃으며 말을 돌렸다.

"됐다. 직접 들어 보자."

딸깍.

안다운이 '북쪽 하늘'을 플레이한 순간.

동동동.

도입부부터 신나게 튀어나오는 비트에 허강민은 참고 있던 웃음을 터뜨렸다.

동. 도도동.

"커흡……."

동―.

동―.

"아, 죄송합니다."

허강민은 어깨를 파들거리면서 신서진을 돌아보았다. 와중에도 더없이 뻔뻔하게 고개를 까닥이고 있다.

'저걸 발라드라고 한 거야?'

너무 당당하게 말하길래, 순간 진짜인 줄 알았다고.

"…잔잔하네요."

심지어 태연한 거 봐.

"그렇지?"

"네, 노래 좋은데요."

동―.

동―.

제법 죽이 잘 맞는 안다운과 신서진을 보면서 허강민은 두 눈을 질끈 감았다.

둘의 조합을 처음 보는 허강민으로서는 다소 따라가기 어려운 대화였다.

차라리 노래에나 집중하자.

발라드와는 다소 거리가 멀지만, 노래는 좋았다.

나는 음악계의 반항아
반향을 일으켜
음악은 이래야 한다고 지껄이는 놈들 대가리에 화살을 쐈지

안다운의 발성은 상당히 특이한 편이다. 툭툭 뱉듯이 부르는
데, 딕션까지 좋아서 노랫말에 몰입하게 된다.

I wanna be a star, ursa minor
그 별이 이 별은 아니었는데
저 하늘의 별이 되어 버렸어
반짝이는 내가 아니꼬왔나
뭐들 그리 잘나서 나를 내쫓았나

랩 비중이 상당히 높은 노래다.
차형원과 이유승에게 가장 빡센 랩 파트를 맡기면 될 것 같고.
하이라이트 파트는 유민하의 음색이 가장 어울릴 것 같았다.
노래 가사는…….
조금은 난해하다.

I wanna be a star, ursa minor
그 별이 이 별은 아니었는데
저 하늘의 별이 되어 버렸어

Northern sky
해가 뜨는 것도 해가 지는 것도
여기서는 보이지 않아

노래는 여기까지.

"다 들었지?"

"네엡!"

뚝.

노래가 끝나자 안다운은 자리에서 벌떡 일어났다.

"좋아. 다들 이 노래 어떻게 해석했어?"

커버의 기본은 곡을 제대로 해석하는 것이다.

곡을 해석하는 방법에 정답은 없으니까, 진지하게 생각해 본 거면 그것으로 충분하다.

편하게 말하라는 안다운의 말에 이다영이 쭈뼛거리며 손을 들었다.

"약간 되게 반항적인······? 쌓인 것을 쏟아붓는 그런 느낌이었어요."

"비슷하지."

한시은은 턱을 쓸어내리며 다른 의견을 냈다.

"음. 저는 힙합 씬의 부조리를 고발하는? 그런 느낌을 받았는데······."

"그렇게 거창한 뜻은 없었어."

"으음······."

모두가 갈피를 제대로 못 잡고 있던 순간.

조용히 노래 가사를 곱씹어 보던 신서진이 입을 떼었다.

"칼리스토와 아르카스의 신화 아니에요?"

"……"

순간, 정적이 감돌았다.

안다운은 믿을 수 없다는 듯 두 눈을 끔뻑였다.

"어… 어?"

맞히라고 물어본 건 아닌데.

안다운은 당황한 탓에 말을 더듬었다.

"어… 어떻게 알았냐?"

"저게 맞아요?"

"진짜요?"

맞았다고?

다들 경악스러운 눈빛으로 신서진을 돌아보았고.

안다운은 혀를 내두르며 확신했다.

애가 나사가 빠져 있어서 몰랐는데.

와.

"너… 천재였냐……?"

"네?"

*　　　　*　　　　*

칼리스토와 아르카스.

별자리에 관한 유명한 신화 중 하나였다.

신화에서 늘 그렇듯, 칼리스토는 제우스의 연인 중 하나였다.

이에 눈이 돌아간 헤라는 제우스와 바람을 핀 칼리스토를 곰으로 만들어 버렸고.

칼리스토의 아들인 아르카스는 그것도 모르고 곰이 된 제 어머니를 활로 쏘아 버린다.

그리하여 칼리스토는 별이 되었고.

이것을 안타까워한 제우스가 아들인 아르카스 역시 곰으로 만들어 밤하늘의 별로 띄웠다.

그것이 지금은 큰곰자리와 작은곰자리로 불리게 되었다는… 한 번쯤은 들어 봤을 신화였다.

하지만, 저 노래를 듣자마자 짧은 순간에 그걸 떠올려 낸 사람은 없었다.

안다운은 감탄하며 말했다.

"이야, 몰랐는데 너도 신화에 관심이 많은 편이구나?"

"…아, 예."

정확히는 직접 겪은 쪽이겠지.

그걸 알 리 없는 안다운은 흐뭇하게 웃으며 신서진의 어깨를 토닥였다.

"그래서 바로 해석한 거야?"

"가사에서 대놓고 줬으니까요."

Ursa minor.

작은곰자리의 학명이다.

그리고.

"작은곰자리는 북쪽 하늘에서만 돌죠."

"와, 제법인데……? 그거 맞아."

생각보다 더 냉철한 분석에 안다운의 입이 떡 벌어졌다. 또라이인 것만 알았지, 이런 모습은 처음이다.

안다운은 신서진을 향해 엄지손가락을 치켜들었다.

"의외로 박학다식하다, 야."

"그게 무슨 뜻인데요?"

"…아니야. 방금 한 말은 취소하자."

"네."

좋은 멜로디에 인상적인 가사.

안다운을 별로 좋아하진 않지만, 개인적으로 커버하고 싶은 노래였다.

아마 아르카스의 신화를 연예계에 엮어서 안다운 나름의 재해석을 한 것 같은데.

여전히 딱 하나의 의문이 남는다.

처음 들었을 때는 별생각 없었는데, 곱씹어 보니 조금 이상하다.

"근데 저 하나 궁금한 게 있는데요."

"어, 뭐든지 말해."

신서진이 이렇게까지 열정적인 것은 오랜만이다. 유민하도 흥미롭다는 듯 고개를 돌렸다.

"곡 해석에 관해서요. 저는 이렇게 해석했는데… 이런 의도가 맞나 궁금해서요."

"어어, 어떻게 해석하든 그건 너네 자유지. 뭔데?"

전문적이야……

유민하는 나직이 감탄하며 신서진의 해석을 들었다.

음악은 이래야 한다고 지껄이는 놈들 대가리에 화살을 쐈지

"이 가사 있잖아요."

"어어."

칼리스토와 아르카스의 얘기라면, 화살을 쏜 건 아르카스일
것이다.

"어어, 그렇지."

"그러면 화살에 맞은 건 칼리스토네요."

"어어."

"그러면……."

신서진은 차분히 가사를 읊었다.

"여기 가사가 되게 감성적인데요. 대가리에 화살을 쐈……."

잠깐만.

뭔가 잘못되었음을 느낀 안다운은 두 눈을 끔뻑였다.

오.

"패륜인가요?"

신서진은 해맑게 물었다.

안다운의 두 눈이 잠시 흔들렸다.

가사를 쓰는 와중에도 그렇게 깊게 생각한 적은 없었는데…….

이걸 이렇게 해석하네?

'미친놈.'

유민하는 신서진의 당당함에 감탄했고.

안다운은 화제를 돌리기로 했다.

어… 음…….

"레코딩 시작할까?"

     *   *   *

레코딩 과정은 수월했다.

파트 분배는 이다영의 제안대로 얼추 이루어졌고, 노래를 겨우 몇 번 들은 것치고는 다들 습득력이 빨랐기 때문이었다.

물론, 문제는 있었다.

나는 음악계의 반항아

반향을 일으켜

음악은 이래야 한다고 지껄이는 놈들 대가리에……

이유승은 랩을 하다가 멈칫했다.

그리고는, 해맑게 고개를 까딱이고 있는 신서진을 노려보았다.

'패륜인가요?'

'패륜인가요?'

'패륜인가요?'

제길.

자꾸 머릿속에서 맴돌아!

"슬픈 전설이지……."

"아아아악!"

"원래 별자리에 얽힌 신화는 다 슬픈 법이야……."

신서진은 심각하게 중얼거렸고, 이유승은 머리를 쥐어뜯으며 한숨을 내쉬었다.

"야, 신서진."

벌써 이 파트만 몇 번을 실수한 건데.

망할.

"너 때문에 죄책감 들잖아!"

＊　　　　＊　　　　＊

안다운의 작업실에서 한 시간가량 레코딩이 이어졌다.

한 차례 레코딩이 끝나고, 잠시 쉬어 가자며 안다운이 자리에서 일어났다.

"곧잘 하던데?"

후배들이랑 작업해 보는 것이 처음은 아니다.

그럼에도 방금 전 레코딩은 상당히 만족스러웠다.

우선 전체적인 보컬 능력치가 높다.

게다가 곡 이해도도 높고…….

"네?"

"아니야."

곡 이해도가 지나치게 높은 녀석도 있었지만, 그건 논외로 하고.

안다운은 흐뭇하게 웃으며 아홉 명을 칭찬했다.

"다들 실력 좋던데?"

"감사합니다!"

그리고, 가장 고생한 사람이 한 명 있었다.

하필 문제의 파트를 맡느라 배로 신경 써야 했던 이유승.

녹음만 마치고 나왔을 뿐인데 애가 반쪽이 되었다.

안다운은 안타까운 눈빛으로 그를 위로했다.

"어… 특히 유승이는 몰입하느라 고생했다."

"네에……."

"그래, 잠깐 쉬고 이따 보자."

아까 매니저가 들어와서 말하기를, 레코딩하는 모습도 카메라로 한 컷 딴단다.

"촬영만 끝내면 퇴근이겠네. 파이팅하자."

"네!"

"네엡!"

안다운은 웃으며 헤드셋을 들었다.

잠깐 쉴 동안 아까 레코딩해 두었던 노래를 확인할 생각이었다.

나머지는 은근히 답답했던 작업실을 빠져나왔다.

단체로 조잘대면서 아직 가시지 않은 흥분을 곱씹었다.

"와, 나 제대로 레코딩하는 건 처음이야."

"작업실 신기하더라……."

"나도 작업실 갖고 싶다."

밖에는 고선재 매니저가 대기하고 있었다.

"얼추 끝났어?"

"네에, 열심히 했어요!"

이제는 데뷔를 앞둔 만큼, 정식 스케줄에는 그가 동행하게 되었다.

리필 앤 리필 촬영 때 한 번 만났던 사이인 만큼, 그사이에 조금 더 편해졌다. 한 명, 한 명씩 애들을 챙기던 고선재는 혼자 밖으로 나가는 신서진에게 물었다.

"산책 가려고?"

"아, 네."

"저쪽 발코니로 나가면 되더라."

신서진은 별생각 없이 고개를 끄덕였다.

다시 촬영에 들어가기 전에 헷갈리는 가사를 한 번 더 되짚기 위함이었다.

고선재 매니저가 알려 준 대로 직원 휴게용 발코니로 내려간 신서진은 이어폰을 꽂았다.

I wanna be a star, ursa minor

중독성 있는 멜로디에 고개를 까닥였다.

Northern sky

해가 뜨는 것도 해가 지는 것도

여기서는 보이지 않아

소프트하면서도 또렷한 안다운의 딕션이 귀에 콕콕 박혔다.

사적으로 보면 참 독특한 인간인데, 노래는 의외로 멀쩡하다.

신서진의 주 파트가 랩은 아니지만, 이런 딕션은 본받을 만하다.

"으음."

신서진은 안다운의 노래를 분석하며 생각에 잠겼다.

그렇게 노래가 끝날 때까지 망부석처럼 그 자리에 서 있을 때였다.

"발성을 바꿔야 하나……."

"신서진……!"

음?

누가 자신을 부른 듯하다.

"신서진!"

신서진은 놀란 눈으로 고개를 돌렸다.

음악 소리를 뚫고 다급한 외침이 들려왔고.

그것을 뒤늦게 깨달았을 때.

"피해!"

휙―.

누군가 신서진을 거세게 밀쳤다.

*　　　　*　　　　*

쨍그랑―.

화분이 깨지는 소리에 신서진은 인상을 찌푸렸다.

자신이 있던 자리에, 산산조각이 난 화분이 있었다.

그리고, 그 옆에선 고선재 매니저가 안도한 얼굴로 숨을 헐떡였다.

"아윽……."

자신을 밀치느라 팔꿈치를 바닥에 찧었는지, 고선재 매니저는 끙끙대며 자리에서 일어났다.

"큰일날 뻔했다, 그렇지?"

당연히 감사하다는 말이 먼저 튀어나왔어야 하는 건데.

좀체 이런 일에 놀라지 않는 신서진이었지만, 오늘은 달랐다.

고맙다는 말도 잊을 정도로 등줄기가 오싹했다.

신서진은 할 말을 잃고 한동안 얼어붙어 있었다.

"많이 놀랐어? 괜찮아?"

고선재 매니저는 창백해진 신서진의 안색을 살피며 물었다.

머리 위로 갑자기 화분이 떨어졌으니 놀랄 법도 하다.

고선재 매니저가 아니었으면 정말 죽었을지도 모르는 일이니.

그는 걱정스러운 마음으로 되물었다.

"다친 데는 없지?"

"네……."

그제야 조금 정신이 든 신서진이 천천히 고개를 끄덕였다.

'뭐지……?'

처음으로 죽음의 공포를 느꼈다.

단언컨대, 처음이다.

데뷔 평가를 위해 비축했던 빛의 가루를 전부 털어 내었다.

그 탓에 지금은 힘을 완전히 잃은 상황.

방금은 정말 맞았을 수도 있었다.

신서진은 그 사실이 믿기지 않아 인상을 찌푸렸다.

몇 번이고 아까의 장면을 곱씹었다.

'죽을 뻔했다니…….'

그게 애초에 가능한 일인가.

단 한 번도 죽음이라는 단어를 생각해 본 적이 없었던 신서진
은 이 상황이 다소 낯설었다.

바닥에 널브러져 있는 화분 조각들.

신서진은 그것을 천천히 내려보다가 이내 고개를 들었다.

저 위에서 떨어진 것 같은데.

옥상에서는 아무런 인기척도 느껴지질 않는다.

고선재 매니저는 머리를 긁적이며 옥상을 손으로 가리켰다.

옥상 난간 앞에 일렬로 놓여 있는 화분이 눈에 들어왔다.

"어휴, 사람들 지나다니는 곳인데, 너무 위험하게 놔둔 거 아니냐? 한마디 할까?"

"누구 건데요?"

"…대표님 거겠지."

회사 건물 옥상이다.

누가 화분을 저리 놔뒀는지는 몰라도, 아마 한태무 대표의 취향일 것이다.

고선재 매니저는 헛기침을 하며 덧붙였다.

"미안. 내가 뭐라고는 못 하겠다."

"……."

"그래도 다치지 않았으니 뭐, 다행이지. 별일 없으면 슬슬 들어갈까?"

목숨을 살려 준 은인이나 다름없다.

신서진은 고선재 매니저를 향해 가볍게 고개를 숙였다.

인사가 조금 많이 늦었다.

"감사합니다."

"어… 어… 그래."

"괜찮으세요?"

놀란 것도 그렇고, 두 눈이 동그래져서는 자신을 걱정하는 것도 그렇고.

또라이라는 소문만 익히 들었지, 저렇게 보니 의외로 저 또래의 애들 같다.

괜한 걱정이나 끼칠까 봐, 고선재 매니저는 애써 능청스레 대답했다.

"그, 그러엄. 나 튼튼하거든."

신서진은 두 눈을 끔뻑이며 고선재를 바라보았다.

"인간은 튼튼해도 잘 죽어요."

"…어?"

또래 애들 같다는 말은 아무래도 취소해야 할 것 같다.

저건 걱정이야, 악담이야.

"걱정입니다."

"내 생각 읽었니?"

"그런 능력은 없는데요."

"아… 그래……."

고선재 매니저는 머쓱하게 웃으며 시선을 돌렸다.

'참… 독특하네.'

무슨 애를 상대하기가 이렇게 까다롭냐.

가만 보니 애 눈빛이 살짝 돌아 있는 것 같기도 하고…….

고선재 매니저는 흥미롭다는 듯 신서진을 바라보았다.

'쟤, 신기 있나?'

속으로 그렇게 중얼거리던 순간.

카메라 감독의 우렁찬 목소리가 문밖에서 들려왔다.

"신서진, 얘는 어디 갔어!"

아, 맞다.

쉬는 시간인 걸 잊을 뻔했다.

"빨리 들어가자."

고선재 매니저는 뒤늦게 정신을 차리고 신서진을 다급히 밀어 넣었다.

*　　　　　*　　　　　*

"이쪽에서 카메라 한 번 따겠습니다!"

카메라의 빨간 불빛이 켜졌다.

쉬는 시간 전에 공지했던 대로 레코딩 장면을 한 번 더 따기 위함이었다. 한 명씩 순서대로 녹음 부스에 들어가 마이크 앞에 섰다.

신서진이 첫 번째 순서였다.

시키는 대로 녹음 부스 안에 들어간 신서진은 헤드셋을 들었 다.

아직 놀란 마음이 가시질 않았다.

'아까는 뭐였지.'

고선재 매니저는 별생각이 없었던 것 같지만 신서진은 아니었 다.

여전히 찝찝하다.

왜 하필 그 자리에 화분이 떨어진 건지 알아내기 전까지는 개 운치 않을 것 같았다.

"후우……."

하지만, 촬영 와중에 티를 낼 수는 없으니. 지금은 레코딩 촬영에 집중해야 했다.

I wanna be a star, ursa minor
그 별이 이 별은 아니었는데
저 하늘의 별이 되어 버렸어
반짝이는 내가 아니꼬왔나
뭐들 그리 잘나서 나를 내쫓았나

신서진은 연습했던 화음을 부드럽게 쌓았다.

Northern sky
해가 뜨는 것도 해가 지는 것도
여기서는 보이지 않아

심란한 신서진의 속마음과 달리, 제3자가 보기에는 굉장히 프로페셔널한 녹음 현장이었다.

녹음 부스 밖에서 그 모습을 지켜보고 있던 고선재 매니저는 엄지손가락을 치켜들었다.

신서진을 구하느라 본인도 위험했는데.

방금 죽을 뻔한 것치고는 마냥 해맑은 얼굴이었다.

"대박, 노래 잘한다……."

고선재는 나직이 탄성을 터뜨리며 두 손을 공손히 모았다.

안다운의 '북쪽 하늘'을 플레이리스트에 넣고 허구한 날 들었던 팬으로서, 애들의 곡 재해석은 분명 뛰어난 수준이라 자부할 수 있었다.

원곡이 저렇게 좋은데, 커버곡의 수준도 높았다.

그다음으로 녹음을 들어간 유민하.

고선재 매니저는 유민하의 고음에 박수를 쳤다.

찬사를 보내야 마땅한 목소리였다.

"아니, 오늘 연습 시작해 놓고 벌써 잘하냐……."

아예 라이브 클럽을 만들어도 되겠다.

아직 데뷔도 안 한 신인들이 연차로는 한참 차이 나는 안다운과 붙어 있는데도 전혀 밀리질 않는다.

'너무 팔이 안으로 굽은 건가.'

고선재 매니저는 흐뭇하게 웃으며 속으로 중얼거렸다.

기다림이 지루할 만도 한데, 아홉 명 모두 실력이 좋으니 노래만 듣고 있어도 흥미로웠다.

그렇게 고선재 매니저가 촬영에 완전히 정신이 팔려 있던 순간이었다.

"고선재 씨."

"……."

"이봐요, 고선재 씨."

고선재 매니저는 자신을 부르는 목소리에 두 눈을 동그랗게 떴다.

익숙한 얼굴이 문 앞에서 고개를 내밀고 있었다.

원래 배우 팀 소속이었다가 이번에 가수 팀에 들어온 남자.

이름이… 김재원이라고 했나?

"아, 저 찾으셨어요?"

고선재 매니저는 해맑게 물었고, 김재원은 딱딱하게 굳은 얼굴로 그에게 손짓했다.

"잠깐 나와 보시죠."

*   *   *

SW 엔터의 옥상.

고선재 매니저는 김재원의 눈치를 살피고 있었다.

무슨 심각한 일이라도 있는 것처럼 불러 놓고선 한마디도 하질 않는다.

"후우……."

주머니에서 담배를 꺼내 입에 문 김재원은 인상을 찌푸린 채 허공만 바라보고 있었고, 고선재 매니저는 그 옆에서 굳게 입을 다물고 있었다.

고선재는 들어온 지 몇 개월도 안 된 로드 매니저였다.

김재원에 대해 자세히는 몰라도 배우 팀에서 상당히 실적이 좋은 편이라는 소문은 들었다. 팀장인 우상윤 매니저와도 친한 사이였던 것으로 알고 있고.

'왜 저러지……?'

정확한 이유는 모르겠는데 찍힌 느낌이 들어서 괜히 말을 사리게 되는 것이다.

그리고, 그런 고선재의 예상은 맞았다.

한참 동안 말이 없던 김재원은 뚱딴지같은 소리를 던졌다.

"너무 열심히 하지 마."

"예?"

"딱 월급 받은 만큼만 일하라고."

이건 또 갑자기 무슨 소리냐?

고선재 매니저는 당황한 얼굴로 두 눈을 굴렸다.

김재원은 짜증 섞인 목소리로 덧붙였다.

"그 월급에 목숨 수당까지 있진 않을 텐데."

목숨 수당이라면…….

아, 방금 전 있었던 일을 말하는 건가?

화분이 떨어졌을 때 신서진을 밀쳐서 구한 거?

"보셨어요?"

고선재 매니저는 놀란 눈으로 물었다가, 다시 김재원의 말을 곱씹었다.

김재원 정도 되는 매니저도 그런데, 하물며 갓 들어온 로드 매니저인 자신은 말할 것도 없다.

목숨 수당은커녕, 개고생하는 거에 비하면…….

"네, 쥐꼬리만 하긴 하죠."

그건 그렇다쳐도, 저 말은 걱정인지 조언인지 헷갈린다.

'뭐, 어쩌라는 거야?'

조언을 주고 받을 정도로 친한 사이도 아닌 데다가, 갑자기 저 얘기가 왜 나온 것인지도 도통 이해할 수가 없었다.

고선재 매니저는 잠시 고민하다가 조심스럽게 입을 뗐었다.

"근데 제가 열심히 하든, 안 하든……. 무슨 상관이신지……."

고선재의 말에, 김재원은 딱딱하게 굳은 얼굴로 그를 돌아보았다.

말을 괜히 꺼낸 건가.

고선재 매니저가 긴장한 얼굴로 침을 삼키던 순간.

"……."

김재원 매니저는 담뱃재를 떨구면서 한숨을 내쉬었다.

"그냥 좆같아."

*　　*　　*

무슨 대단한 말이라도 하려고 부른 줄 알았더니.

이유 없이 심사가 뒤틀렸다.

고선재 매니저는 말문이 막혀서 잠시 멈칫했다.

"네?"

핵―.

그사이, 김재원은 제 할 말만 하고서는 자리를 박차고 나가 버렸다.

"……?"

저거 완전 또라이 아니야?

영문도 모르고 당했다.

고선재 매니저는 한참 동안 멍하니 서 있다가 고개를 갸웃거렸다.

잘은 몰라도 되게 차분한 인간으로 알고 있었는데, 사람을 잘못 봤던 건가. 오늘 본 모습은 너무 황당했다. 사람이 피곤하면 성격이 왔다 갔다 한다지만……. 기복이 너무 심한데?

고선재는 머리를 긁적이며 제 나름대로 결론 내렸다.

"여친한테 차였나?"

어디서 뺨 맞고 와서 왜 자신한테 화풀이인지.

어찌 되었건 기분이 더러운 것은 어쩔 수 없다.

몇 년 선배라 함부로 싸울 수도 없는 데다가, 천성이 평화주의자라 뒤늦게 따질 자신도 없었다.

김재원이 한참 멀어진 뒤에야 고선재는 인상을 찌푸리며 투덜거렸다.

내가 뭘 잘못했다고.

"어쩌라는 거야, 진짜."

*   *   *

한편, 같은 시각.

아홉 멤버는 촬영이 끝난 뒤 서울예고 기숙사에 복귀했다.

다음 주부터는 아예 SW 엔터에서 마련해 준 숙소에 들어가야 하는 터라, 원래도 따로 숙소에서 살던 한시은을 제외하고는 모두 짐 정리를 위해 돌아왔다.

특히 최성훈은 상당히 요란스러웠다.

"야, 신서진. 나 이거 갖다 버린다?"

"알아서 해."

"아, 잠만. 내 거네. 안 버린다?"

"알아서 해."

같은 방 쓰기 너무 힘들어.

"어, 신서진!"

"그만 불러… 제발."

신서진은 귀를 막은 채 창밖을 내다보았다.

남들은 짐 싸느라 바쁜 와중에 그는 아까부터 조용히 창가에 앉아있었다.

딱히 챙겨야 할 짐도 얼마 없을 뿐더러, 보고를 듣기 위함이었다.

짹— 짹짹—.

신서진의 손 위에서 어느샌가 날아온 참새 한 마리가 울어 대고 있었다.

남들 눈에는 그냥 짹짹거리는 소리로 들리겠으나, 녀석은 나름 신서진이 시킨 대로 보고하고 있었다.

물론 짐승의 언어다 보니 해석이 다소 어렵다.

─쪼. 쪼. 쪼.

"으응?"

이번에는 신서진도 못 알아들었다.

─쪼. 쪼. 쪼.

옥상에서 심각한 대화가 오고 간 것 같다는 말에 궁금했는데, 아까부터 저리 울어 대고 있다.

참새의 말을 자의적으로 해석한 신서진이 물었다.

"뭐 달라고?"

갸웃. 홱.

참새는 격하게 고개를 저으며 신서진의 손바닥을 쪼았다.

"아, 이거 아니야?"

그러면 대체 뭐라는 거야?

신서진은 참새의 말에 다시 귀를 기울였고, 천천히 그 뜻을 곱씹었다.

자세히 들어 보니 뭔가 잘못되었음을 깨달았다.

—♩ ♪♫.

"뭐?"

—♪♫♬.

순간, 뇌 정지가 왔다.

옥상에서 신랄한 음표를 주고받을 일이 몇이나 있다고.

신서진은 휘둥그레진 눈으로 되물었다.

"그런… 대화를 나누고 있었다고?"

*   *   *

그다음 주, 에이틴의 화보 촬영을 시작으로 본격적인 일정이 시작되었다. 유닛별 화보 촬영을 마친 뒤 단체 화보 촬영도 들어가야 한다.

그 뒤에는 커버곡 영상이 업로드될 거고, 현재 이미 타이틀곡 물망에 오른 곡들이 있으니, 회의를 거친 후에 최종 타이틀곡이 결정될 것이다.

그리고, 뮤비 촬영. 음원 녹음. 예능 프로 촬영까지.

그야말로 눈코 뜰 새 없이 바빠질 예정이었다.

한성묵 팀장은 애들 상대로 체중 관리를 시킬 거라 은근히 협박했지만, 솔직히 말해서 저 스케줄만 따라가도 살은 저절로 빠질 것 같았다.

힘들어 죽을 법도 한데, 의외로 데뷔 평가 때보다는 심적인 부담이 적어서인지 다들 얼굴이 살 만했다.

그렇다고 해서 정말 살 만하다는 소리는 아니고.

"야……!"

"어어어억!"

촬영장에서 꾸벅꾸벅 졸고 있던 최성훈은 서하린의 목소리에 화들짝 놀라 깼다. 서하린은 짧게 혀를 차며 말했다.

"아예 대놓고 취침을 해라, 그냥."

"…어제 밤새웠단 말이야."

서하린의 타박에 최성훈은 투덜대며 고개를 숙였다.

아침부터 샵에 들러서 곧바로 화보 촬영장에 도착하는 동안, 정말 한숨도 못 잤다. 정신없이 바빴던 터라, 벽에 등만 기대도 스르르 잘 수 있을 것 같았다.

물론 이 와중에도 체력이 넘쳐흐르는 애들이 있는 법이다.

최성훈은 혀를 내두르며 두 사람을 돌아보았다.

"쟤네는 대체 뭐야?"

저 체력이 어디서 나오는 거냐고.

최성훈의 시선이 닿은 곳에는 어제 늦게까지 연습하고도 너무 멀쩡해 보이는 신서진과 유민하가 있었다.

"야, 너네는 안 졸리냐?"

"괜찮은데?"

화보 촬영은 기다림의 연속이다.

그 시간에 잠을 보충하기 위해 꾸벅꾸벅 조는 최성훈과는 반대로, 유민하는 쉬지 않고 조잘대는 타입이었다.

평상시에는 분명 최성훈이 말이 더 많건만, 오히려 피곤하니 유민하가 더 말이 많아졌다. 유민하는 조용한 이다영을 붙잡고 수다를 떨었고, 가만히 앉아 있던 서하린도 이내 대화에 끼어들었다.

어쩌다 보니 주제는 김재원 매니저의 이야기로 향했다.

"야야, 너네 그 매니저님 알아? 새로 들어오신 분!"

"김재원 매니저님?"

이번에 가수 팀에 새로 들어왔다는 뉴 페이스. 데뷔 평가 때도 거의 마주치질 못했으니 대부분의 애들에게는 초면인 사람이었다.

유민하가 두 눈을 동그랗게 뜬 채 말했다.

"과묵한 타입 같으시던데. 약간 친해지기 어려운 스타일……?"

"야, 그래도 팀장님보다는 덜 무섭더라."

"일단 우리 갈구지는 않잖아."

신서진은 셋이 나누는 대화를 가만히 듣고 있었다.

한 가지 의문을 품은 채 말이다.

'과묵한가?'

쩍쩍이한테 들은 말에 따르면 잘 모르겠던데.

김재원이라는 사람에게 관심이 있었던 만큼, 신서진에게도 상당히 흥미로운 주제였다.

잠자코 앉아 있던 신서진은 유민하에게 물었다.

"그분 어떤 사람인지 알아?"

"딱 하나만 알아."

"어떤 거?"

신서진의 말에, 유민하는 진지한 얼굴로 대답했다.

"잘생기셨더라."

"…그게 중요해?"

"겸사겸사지."

혼란스럽다.

신서진은 말문을 잃고 얼어붙어 있자, 유민하는 두 눈을 반짝이며 고선재 매니저가 내민 물병을 신서진에게 건넸다. 실망하지 말라는 투였다.

"걱정 마. 너도 잘생긴 편이야."

"그런 두족류와 같은 취급을 받다니 상당히 불쾌하군."

"…무슨 소리야?"

유민하는 해석해 달라는 듯 애들을 돌아보았고, 반쯤 졸고 있던 최성훈이 말을 얹었다.

"오징어랑 같은 취급 받는 거 싫대."

"허어……."

"인성 터진 거 봐."

신서진은 그런 말을 던져 놓곤 뻔뻔하게 팔짱을 낀 채 콧노래를 흥얼거리고 있었다.

괜히 이유 없이 분주한 촬영장을 둘러보는 것이다.

그러다가, 문득 참새가 보고했던 말이 떠올라 멈칫하고선 고개를 돌렸다.

사실 김재원을 주시하게 된 것도 그 때문이었으니까.

참새가 앞뒤 상황을 다 생략하고 핵심 단어만 전달하고 가 버린 터라, 정확하게 무슨 일이 있었는지는 모른다.

원래는 옥상의 화분에 무슨 일이 있었나 보고받으려다가, 뜻밖의 얘기를 전달받은 것이었으니까.

하지만, 한 가지는 확실했다.

"있잖아, 유민하."

"응."

"보통 사람이 옥상에서……."

—♪♫♬.

신서진은 유민하의 귀에 대고 자신이 들었던 얘기를 속삭였다.

유민하는 놀란 눈으로 고개를 돌렸다.

"옥상에서 그런 말을 했다고? 누구랑 싸웠대?"

"글쎄……?"

"혼자 그러고 있던 거면 심각한 거 아니야?"

실시간으로 이야기가 와전되고 있었다.

참새가 이 얘기를 들었다면 파닥이며 뒷목을 잡았겠으나, 안타깝게도 녀석은 이 자리에 없었다.

뭔가 진지하게 대화하고 있으니, 상황을 잘 모르는 이유승과 서하린까지도 심각한 얼굴로 끼어들었다.

"야, 일단 SW 엔터 옥상은 직원 개방용이잖아. 거기 연습생은 올라가면 안 돼."

"인생이 힘든가 보네. 거기 올라가서 담배 피우면서 혼자 욕하고 있을 정도면……."

"야, 근데 그거 팀장님께 걸리면 죽는다? 모른 척하고 있어."

"연습생 맞아?"

"몇 살이래?"

웅성웅성.

단체로 심각하게 대화를 나누던 순간.

"왜? 그런 연습생이 있어?"

불쑥.

갑자기 고선재 매니저가 얼굴을 내밀었다.

깜짝이야.

어디서부터 듣고 있었던 거야.

신서진은 놀란 가슴을 쓸어내렸고, 유민하는 손사래를 치며 고개를 저었다.

"아, 아무 일도 아닌데요."

뒤늦게 덧붙여 봐야 티 나지 않을 리가 없다. 고선재 매니저는 혀를 차고선 걱정스레 덧붙였다. 누군지는 몰라도 대충 들어 보니 심각한 상황 같았다.

"어디 가서 말 안 할 테니까. 같은 연습생이면 챙겨."

"아, 네."

잠시 멈칫하던 신서진은 고개를 갸웃거렸다.

"근데, 연습생이 아닌데요?"

"아, 연습생이 아니었어?"

"그래서 누군데?"

"비밀이야?"

아, 연습생이 아니었어?

예상치 못했던 대답에, 고선재는 잠시 망설이다가 대답했다.

연습생이 아니라면 대체 누굴 말하는 건지는 모르겠으나…….

"그래도 챙겨."

"네."

신서진은 고선재 매니저의 말에 고개를 주억거렸다.

*　　　*　　　*

늦은 저녁, 스케줄을 마친 김재원은 한숨을 내쉬며 옥상 계단을 올랐다.

괜히 고선재 매니저가 끼어드는 바람에 일이 완전히 틀어져 버렸다.

"지 일도 아닌데 왜 끼어들어서는."

옥상에 불러서 주의까지 줬지만, 알아들었을 거라고는 기대조차 하지 않았다.

그때, 고선재가 신서진을 밀치지만 않았어도 확실히 보내 버릴 수 있었는데.

김재원은 자신이 명령받았던 내용을 떠올렸다.

'신은 무적이 아니야. 분명 타이밍이 있을 거란 말이야. 그때, 놈을 노려.'

그래서 상당히 괜찮아 보이는 순간에 신서진을 노렸고, 고선재 때문에 실패했다.

"역시 개같군."

김재원은 인상을 찌푸리며 나직이 중얼거렸다.

사실 신이고 나발이고, 김재원은 전혀 관심이 없었다.

"후우……. 돈만 먹고 뜨자."

그런 거창한 것들을 신경 써 봐야 머리만 아플 뿐이다.

애초에 21세기에 신이 버젓이 살아 있다는 게 여전히 믿어지지 않기도 하고.

'아무리 봐도 사이비 새끼들 장난에 놀아나는 기분인데.'

하지만, 김재원은 돈이 급했다.

병원비가 필요했고, 씁쓸한 현실에 담배가 당겼다.

그래서, 또 올라왔다.

"하……."

터벅터벅.

걸어 올라와 옥상에 도착한 김재원은 웬 인기척에 고개를 돌렸다.

인기척의 정체를 확인한 그는 식겁하며 뒤로 물러섰다.

뭐야.

"어우, 깜짝이야."

옥상 바닥에 쪼그려 앉은 채 화분에 무언가를 심고 있는 한 녀석.

하필이면 그 사람이 신서진이라서 더 놀랐다.

이 시간에는 원래 아무도 없을 텐데.

직원용인 옥상에는 대체 어떻게 올라온 거야?

김재원은 놀란 가슴을 쓸어내리며 물었다.

"여기는 어떻게 들어왔어?"

"……."

꾹꾹.

신서진은 화분의 흙을 평탄하게 고르면서 고개를 들었다.

왜 들어왔냐고 물었는데 전혀 딴소리가 나왔다.

"자연은 참 신비로워요."

"뭐?"

"인간들이 만든 비싼 품종의 씨앗을 심어 봐야 다 제대로 자라지도 못하고 죽어 버리는데, 들꽃 하나는 저 혼자서도 참 악착같이 자라잖아요."

김재원은 두 눈을 끔뻑이며 그 자리에 멈춰 섰다.

뭐라는 건지 이해를 못 했다.

물음표가 담겨 있는 김재원의 표정에, 신서진은 멋쩍게 웃으며 말을 이었다.

"바로 이 들꽃처럼, 거칠기는 해도 어떻게든 자라는 것이 바로 우리들의 인생이 아닐까요?"

동시에, 싸한 정적이 감돌았다.

"뭐… 뭐?"

"왜요."

순간, 귀를 의심했다.

방금 뭘 들은 거야?

무슨 공익광고야?

김재원은 황당하다는 듯 신서진을 내려다보았고, 신서진은 나름 복잡한 생각을 하고 있었다.

'이렇게 위로하는 거 아닌가?'

분명 아침 지하철 문구에서 봤던 것 같은데.

저 심각한 얼굴을 보아하니 실례한 듯하다.

그래서, 화분을 건네며 덧붙였다.

멘트는 효과가 없어도, 이 꽃은 김재원에게 도움이 될 것이다.

"신의 선물이에요. 잘 간직하시길."

김재원은 엉겁결에 그 화분을 건네받았다.

"어, 고, 고맙다……."

근데 갑자기 이걸 왜 주는 거야?

일단 이상한 소리를 지껄이면서 주길래 받긴 받았는데, 생각해 보니 좀 이상하다.

"어……."

김재원은 제 손에 쥔 화분을 천천히 내려다보다가 깨달았다.

직원용인 옥상에 올라와서 느닷없이 화분에 꽃을 심고 있던 것도 수상한데…….

아니, 그 전에.

김재원은 신서진이 했던 말을 뒤늦게 곱씹었다.

'신의 선물이라고……?'

설마.

김재원의 얼굴이 새하얗게 질려 버렸다.

Chapter. 3

　김재원은 그길로 옥상에서 도망쳐 나왔다.

　신서진이 무슨 일이냐며 집요하게 따라오는데, 한 편의 공포영
화가 따로 없었다.

　'눈치챘나?'

　'눈치챘겠지?'

　'다 아는 표정이던데.'

　김재원은 거친 숨을 몰아쉬며 계단 벽에 등을 기대었다.

　한숨 돌렸다. 여기까지 따라올 것처럼 굴더니만, 인기척이 느
껴지지 않는 걸 보니 따라 내려오진 않은 것 같았다.

　"하아… 너무 무서워……."

　바들바들.

　김재원은 두 눈을 질끈 감은 채 손을 떨었다.

시키는 대로 화분을 떨어뜨렸을 때만 해도 몰랐다. 신서진과 단둘이 대면했을 때의 긴장감은 차원이 다르다는 것을.

"아무래도 이 짓거리 하다간 제 명에 못 살겠는데."

돈도 돈인데, 방금 전에는 진심으로 생명의 위협을 느꼈다.

웃으면서 화분 건네는 거 봤냐고.

다음에는 그 화분으로 내 머리 내려찍겠다는 경고 아니야?

제길.

김재원은 욕지거리를 내뱉었다.

"내가 돈에 눈이 멀었지. 미친 사이비 새끼들 일에는 끼어드는 게 아닌데."

헤르메스니 뭐니, 제 앞에서 미친 것처럼 떠들어 댈 때부터 알아봤어야 했다.

놈들이 제정신이 아니라는 것을.

미친놈들이 시키는 대로 살인미수나 다름 없는 짓거리를 한 자신도 제정신은 아니겠지만.

아무래도 잠시 미쳤던 듯하다.

"차라리 에르메스 매장에서 빽 하나 훔치는 게 더 싸게 먹히겠다."

저승길 급행열차를 타는 것보다야 개똥밭에 굴러도 이승이 낫다.

오히려 절도하다가 걸려서 감방 가는 게 낫지 않을까?

"그래, 이건 아니야."

김재원은 숨을 고르며 중얼거렸다.

마침내 생각을 정리한 김재원은 주머니에서 주섬주섬 휴대전화를 꺼내었다.

그러고는, 어디론가 전화를 걸었다.

뚜두—두두—.

한참 동안 이어지던 수화음이 끊어지고, 수화기 너머로 퉁명스러운 목소리가 들려왔다.

—해결하기 전까지는 돈 못 준다고 했을 텐데.

김재원은 딱딱한 목소리로 대답했다.

"됐어요, 그 돈 필요 없으니까 저 그만두겠습니다."

—…….

조용한 침묵이 들려왔다.

예상하지 못한 대답이었던 모양이었다.

고선재 매니저 때문에 일이 틀어진 뒤에는 돈을 줄 수 없다고, 한 번 더 시도해 보라 재촉했던 놈이었다.

그 짓거리를 다시 할 바엔 차라리 금은방을 털겠다고.

사실 저쪽의 대답은 중요치 않았다. 김재원은 제 할 말만 마치고 끊을 생각으로 덧붙였다.

고선재 매니저에게 했던 말과 같은 내용이었다.

"저는 딱 돈 받은 만큼만 일합니다."

—병원비 할 돈은 되잖아.

"그 돈에 목숨 수당까지 있진 않았을 텐데."

—그게 무슨 소리야?

더 말할 것도 없다.

김재원은 짜증 섞인 목소리로 대답을 끝냈다.

"어쨌든 저는 안 할 겁니다. 그렇게 아세요."

수화기 너머로 무슨 말이 들려온 듯 했지만, 김재원은 제대로 듣기도 전에 전화를 끊어 버렸다.

뚝―.

이쯤에서 끝내는 게 낫다.

"내가 진짜 여기서 손 뗀다. 두 번 다시는 쳐다도 안 볼 거야. 하……."

그렇게 생각하며 사무실에 돌아가려던 김재원은 계단 위의 얼굴을 확인하고선 비명을 내질렀다.

"으어어어억!"

연습복을 입은 채 우두커니 멈춰 있는 녀석.

방금 전 옥상에서 봤던 신서진이 그 자리에 서 있었다.

들었나?

당연히 들었겠지?

김재원은 창백하게 질린 얼굴로 말을 더듬었다.

"어, 어디서부터 들었냐?"

"……."

"설마, 전부 다……?"

저벅저벅.

계단을 내려온 신서진의 표정에서는 아무것도 읽을 수 없었다.

다만, 신서진은 차분한 음성으로 물을 뿐이었다.

"어디서 돈 받으셨어요?"

*   *   *

SW 엔터의 창고.

CCTV가 설치되어 있지 않는 곳을 찾다 보니 여기까지 들어왔다.

"제가 진짜 그러려던 것이 아니라… 병원비가 부족했는데…
그쪽에서 먼저 연락이 왔습니다."

"어차피 인간이 아니니까, 화분 그거 떨어뜨린다고 죽지 않는
다고… 다치는지만 확인하라고 해서……."

김재원 매니저는 새하얗게 질린 얼굴로 모든 사실을 털어놓았
다.

주절주절 참 변명도 많았다.

"저도 이렇게 될 줄 몰랐습니다."

"글쎄, 들킬 줄 몰랐겠지."

"……."

신서진은 그 모습을 물끄러미 내려다보았다.

거짓말을 밥 먹듯이 입에 올리고, 신을 농락하며, 그 권위에
도전한 인간들은 많이 봐 왔다.

대다수는 썩 좋은 결말을 맞이하지 못했다.

하물며 신을 죽이려 든 인간이다.

신서진은 싸늘한 목소리로 말을 뱉었다.

"너는 이것이 얼마나 큰 죄인지 모르고 했겠군."

"살, 살려 주세요……."

무릎을 꿇은 채 싹싹 빌어 대는 모습을 보며, 연민의 감정은
조금도 들지 않았다.

이제 와서?

그 화분을 맞은 게 자신이 아니라 고선재였다면 그 자리에서 죽었을지도 모르는데?

"잘, 잘못했습니다. 정말로… 반성하고 있……."

김재원은 겁에 질린 눈으로 고개를 들었다.

어디서 구해 온 건지, 신서진의 손에는 화분이 들려 있었다.

"그… 그건……."

그 순간.

신서진은 무심한 표정으로 화분을 바닥에 내다 꽂았고.

"으아아아악!"

김재원은 머리를 감싸쥔 채 외마디 비명을 내질렀다.

"허업… 헙……."

숨이 거칠어졌다.

쨍그랑─.

화분은 김재원의 바로 눈앞에서 깨졌다.

신서진이 조금만 조준을 달리했어도 제 머리를 갈길 뻔했다.

김재원은 본능적으로 머리를 땅에 박았다.

자존심이고 뭐고, 살아야겠다는 생각이 먼저였다.

"경, 경찰서에 가서 자수하겠습니다. 제발 살려 주세요. 제가 잘못했습니다. 잘 모르고 그랬습니다. 제가 돈에 잠시 미쳐서……."

역겹군.

신서진은 그런 김재원을 싸늘하게 내려다보았다.

"신의 처벌은 그런 미적지근한 게 아니야."

잘 몰랐던 모양이다.

신서진은 입가에 조소를 머금은 채 조근조근 말을 이었다.

"화분을 그 손으로 떨궜으면, 다신 그런 짓을 못 하도록 손을 잘라 버릴 수도 있고."

"…예?"

"돈에 눈이 돌아서 벌인 짓이면……."

"……."

"아예 그 눈을 멀게 할 수도 있지."

그것이 신의 처벌이다.

신서진은 고개를 까닥이며 김재원을 똑바로 응시했다.

"이제야 네가 벌인 짓을 알겠어?"

덜덜덜.

김재원의 다리가 파르르 떨렸다.

입을 뻐끔거릴 뿐 차마 아무 말도 하지 못한다.

곧 거품을 물고 쓰러질 것 같은 얼굴이었다.

제가 벌인 일이 조금씩 실감이 나는 모양이군.

신서진은 경멸스러운 눈빛으로 김재원을 응시했다.

'운이 아주 좋은 편이군.'

방금 자신이 말한 것이 원래 합당한 원칙이고, 실제로 신의 처벌은 그런 방식으로 집행되는 것이 맞다.

그런데.

사실 못 한다.

빛의 가루가 다 떨어졌다.

망할.

복수도 능력이 있어야 하는 거라고.

지금 신서진은 허수아비 신에 불과했다.

빛의 가루가 있었다고 해도, 굳이 그 소중한 것을 끌어모아서까지 김재원을 응징하고 싶은 마음도 없었다.

한 몇백 년 전이면 눈이 돌았었겠지.

세월이 가니까 마음이 온화해지더라.

신서진은 김재원을 당장 잡아 족치는 것 대신에, 다른 쪽으로 머리를 굴렸다.

"그러면 딜을 하자."

"네?"

움찔.

김재원은 잔뜩 움츠리고 있던 어깨를 펴며 되물었다.

"딜이라면… 어떤?"

일단 팔 하나 내놓으라는 소리는 아니라 안도한 얼굴이었다.

신서진은 그런 김재원을 향해 손을 까닥였다.

"전화번호 내놔."

김재원은 두 눈을 굴리며 신서진을 올려다보았다.

뭔 소리인지 이해를 못 하는 것 같아서.

신서진은 차가운 목소리로 덧붙였다.

"아까 네가 통화하던 놈, 나랑 연결시키라고."

*   *   *

뚜두두—두—.

수화음이 한참을 이어졌다.

신서진은 김재원의 휴대전화를 귀에 가져다 댄 채, 상대가 전화를 받길 기다렸다.

자신을 노리는 놈들의 정체를 알아야 했다.

제 눈을 돌게 만들었으면 대가를 치러야 했다.

눈앞의 김재원을 잡아 족치는 것도 방법이었겠지만, 딱 보아하니 김재원이 지닌 정보는 너무 한정적이다.

그냥 저놈은 돈에 눈이 먼 머저리일 뿐, 아는 게 아무것도 없어.

진짜는 역시 이쪽이겠지.

그렇게 생각하며 대기하고 있던 순간이었다.

딸깍, 하는 소리와 함께 수화음이 끊어졌다.

낮은 음성이 수화기 너머로 들려왔다.

―안 한다며. 갑자기 마음이 바뀌었나 보지?

신서진의 눈에 이채가 돌았다.

그는 입을 꾹 닫은 채 남자의 말을 기다렸다.

―무슨 일 있나?

"……"

―왜 대답이 없어?

잠시, 저편이 조용해졌다.

무슨 상황인지 곱씹어 보려는 듯하더니, 곧바로 서늘한 음성이 다시 말을 뱉었다.

―너, 누구냐.

신서진은 씨익 웃으며 고개를 들었다.

이 정도면 됐다.

충분히 들었어.

뚝.

신서진은 만족스러운 얼굴로 전화를 끊었다.

바로 옆에서 그 모습을 지켜보고 있던 김재원이 벌떡 몸을 일으켰다.

"통… 통화 끝났습니까?"

휙.

신서진은 얼어붙어 있는 김재원에게 휴대전화를 돌려주었다.

기껏 전화를 연결시켜 줬는데 아무 말도 안 하길래 당황한 얼굴이었다.

"진짜 끝난 거 맞아요?"

신서진은 그런 김재원을 빤히 바라보았다.

마음 같아서는 머리라도 쥐어박아 주고 싶었지만, 그 대신 다른 말을 해 주기로 했다.

"자수하는 걸 추천하지."

굳이 따지면 이건 협박이 아니라 조언이다.

"오히려 그 편이 명을 유지하는 데는 나을걸?"

신을 노리는 놈들이 인간이라고 가만히 살려 둘까.

평생 모르고 살았어야 할 곳에 발을 들였으니, 김재원은 그 자체로 이미 신의 저주를 받은 것이나 다름없었다.

자칫하다간 병원비가 문제가 아니라, 병원 문턱도 밟기 전에 죽을 것이다.

"……."

김재원은 굳은 표정으로 우두커니 멈춰 있었고.

쾅.

볼일을 마친 신서진은 그를 내버려 두고 창고에서 태연하게 걸어 나왔다.

녹음 한 번 하려고 찾았을 뿐인데.

화분이 떨어지고, 난생처음 죽을 뻔한 데다가 결국은 범인까지 잡았다.

너무 스펙터클한 거 아닌가?

신서진은 기지개를 켜며 중얼거렸다.

"뭐, 나쁘지 않아."

어찌 되었건, 놈의 목소리를 기억했다.

*   *   *

같은 시간, 허무하게 끊어진 전화기를 붙들고 있던 한 남자는 헛웃음을 터뜨렸다.

"허⋯ 허허⋯⋯."

처음 전화를 받았을 때 바로 눈치챘어야 했는데.

김재원의 전화를 딴 놈이 낚아챘을 거라고는 미처 생각지도 못했다.

대답이 없는 것을 보고 그제야 깨달았다.

"헤르메스가 전화를 받았군."

신의 전화라⋯⋯.

이거 영광스러워해야 하나?

남자의 말에 소파에 앉은 손님은 피식 웃었다.

"아, 그래서 반갑게 인사라도 하던가?"

"그럴 리가."

"먼저 인사라도 해 주지 그랬어."

"허허……."

신서진은 아무 말 없이 전화기를 붙들고만 있었다.

아마 제 목소리를 듣고 있었겠지.

언젠가는 신서진의 앞에 모습을 드러낼 생각이었다.

하지만, 그 전까지는 철저히 제 존재를 숨길 계획이었거늘.

오늘을 계기로 틀어지고 말았다.

아마 이 모든 걸 계산하고, 그 전화를 받았겠지.

머리 좋은 신답게, 제법이다.

남자는 실소를 터뜨리며 두 손으로 깍지를 꼈다.

입은 웃고 있으나, 눈은 차갑게 식어 있었다.

"신서진……."

그는 싸늘한 목소리로 중얼거렸다.

"상당히 재밌는 장난질을 하는데?"

*　　　　　*　　　　　*

개인 보컬 연습이 끝났다.

이상진 트레이너의 초밀착 트레이닝을 마치고 돌아왔는데…….

"신서진! 신서진!"

갑자기 최성훈이 호들갑을 떨면서 달려들었다.

"야, 너 그거 들었어?"

자리를 비운 사이에 무슨 일이라도 있었나?

신서진은 의아한 눈빛으로 고개를 갸웃거렸다. 연습실이 시끌시끌한 걸로 보아 SW 엔터에서 뭔 일이 터진 모양이었다.

문제는 그것이 신서진은 이미 알고 있던 사실이라는 점이었다.

"우리 전에 봤던 매니저님 있잖아. 이번에 가수 팀 들어오신 분."

"김재원?"

"어어어어! 그래, 그 사람. 경찰서에 잡혀갔대!"

아.

무슨 반응을 해야 하는 거지?

할 말을 잃은 신서진이 가만히 서 있는 동안, 유민하가 말을 더했다.

"내가 듣기로는 자수했을걸?"

"야, 근데 무슨 일로 끌려간 거야?"

"몰라. 혹시 횡령했나?"

저마다의 추측이 이어졌다.

서하린은 놀란 얼굴로 탄식을 터뜨렸다.

"와…… 안 그렇게 봤는데……"

"야, 서하린. 네가 어떻게 알아. 몇 초나 봤다고."

"아니, 그렇잖아. 멀쩡하게 생겨서는, 돈 떼먹고 그럴 줄 누가 알았겠어?"

횡령이 아니라 살인 미수인 걸 알면 기절하겠군.

신서진은 속으로 혀를 찼다.

벌벌 떨더니 결국 알아서 자수는 하더라.

마지막 기회를 준 것인데, 제 말을 흘러듣지 않은 것은 다행이
다.

그 순간, 혼자서 생각에 잠겨 있던 신서진은 최성훈의 말에 당
황했다.

"근데, 넌 왜 안 놀라냐?"

아, 맞다.

조금 놀란 척을 해 줬어야 했나.

신서진은 뒤늦게 최성훈의 말에 반응해 주었다.

"으악!"

아, 이게 아닌데.

좀 더 생동감 있게.

"어억!"

방금 뭘 들은 거지?

최성훈은 기가 차다는 듯이 신서진을 바라보았다.

"…너 뭐 하냐?"

"놀란 척인데."

"와, 너는 연기는 하지 마라. 그때 뮤직드라마 촬영은 대체 어
떻게 한 거야?"

최성훈의 타박이 이어졌지만 신서진도 말로 밀리지 않는다.

그새 어려운 단어도 조금 익혔다고, 뿌듯한 목소리로 입을 떼
었다.

"주입식 교육의 힘이야."

"주영준 쌤이 사람 하나 만들어 놨네."

"나는 사람이었던 적이 없는데."

"아, 그러셨어요? 그러면 뭐였는데?"

"그야······."

"야야, 시끄러워! 그만들 좀 싸워라."

쉬지 않고 투닥거리는 두 사람.

보다 못한 서하린이 제지하고 나서서야 조용해졌다.

서하린은 연습실 거울을 보면서 머리를 매만졌다.

"연습이나 마저 맞춰 보고 슬슬 밥 먹으러 가자."

"그래, 그럼 딱 한 번만 더 맞춰 볼까?"

바닥에 앉아 있던 이유승도 일어나면서 서하린의 말에 호응했다.

신서진은 기지개를 켜면서 조용히 연습할 준비를 마쳤다.

그때였다.

최성훈은 갑자기 뭐가 떠올랐는지 고개를 홱 들었다.

"야, 근데 우리 지금 이럴 때가 아니지 않아?"

그 말에 일순간 연습실이 조용해졌다.

"지금 몇 시지?"

생각해 보니 오늘 커버 영상이 공개되는 날이잖아?

연습실 벽에 걸린 시계를 확인한 최성훈의 두 눈이 동그래졌다.

"와, 미친. 8시야."

커버 영상도 8시 공개였다.

"야, 빨리 들어가 봐!"

우당탕탕.

그 말에 누가 먼저랄 것도 없이 가운데로 우르르 모여들었다.

안다운과 함께 커버한 SW 엔터 데뷔 멤버들의 '북쪽 하늘'.

안다운의 팬들이야 원래도 커버 영상에 관심이 있겠지만, 사실 많은 사람들의 이목이 이번 영상에 쏠려 있는 것은 다른 이유 때문이었다.

'이 멤버로 데뷔하는 거야?'

그동안 데뷔가 예상되는 멤버들이 몇몇 있긴 했으나, 오피셜로는 공개된 게 없었다.

멤버 전원 데뷔가 이렇게 공개적으로 확정된 것은 오늘 영상이 처음이다.

공식 계정으로 연습생 공개라니.

커뮤니티는 하루 종일 SW 엔터 얘기로 시끌시끌했다.

유명 커뮤니티에는 정리 글까지 올라왔다.

[에스떱 차기 멤 정리해 줌]

일단 커버곡에 나온 애들 전부 데뷔시킨다는 거 기사로 떴고.

아직까지 확정은 아닌데 이렇게 9명으로 추정됨.

서하린, 신서진, 최성훈, 허강민, 유민하, 한시은, 이유승, 이다영, 차형원.

조금 익숙한 이름들도 있고, 내 기준 처음 들어 보는 애들도 있더라.

비공개 연생들은 아닌 것 같고 전부 서울예고 출신들!

에스떱이 처음으로 유닛제 도입한다는데, 솔직히 혼성 유닛?

너무 새로운 시도라 어떻게 될지 모르겠음.

유닛 나뉜다는 거 봐서 활동은 아예 다른 그룹처럼 할 것 같은뎅

어쨌든 온갖 정병 다 달라붙어서 난리 날 것 같긴 해

그래도 에이틴은 인지도가 있어서 응원하는 팬들 꽤 많던데 어떻게 될지 지켜봐야지

팀명은 아직 비공개래

전원 서을예고 출신에 커버한 거 봐선 실력도 좋아 보임

파격적인 도전이라서 나는 흥미롭게 지켜보려구!

그 밑으로는 댓글이 주르르 달렸다.

─파격적인 유닛이라고 하도 기사 때리길래, 뭐 얼마나 파격적인가 하고 들어왔다가 입 떡 벌리고 감

　ㄴ상당히 파격적인걸?

　ㄴㅋㅋㅋㅋㅋㅋㅋㅋㅋㅋㅋㅋㅋㅋㅋㅋㅋㅋㅋㅋㅋㅋㅋㅋ

　ㄴ딱 이 마음임

　ㄴ뭐 얼마나 새로운 도전인데? 응… 어… 아… 그랬구나

　ㄴ성공하면 케이팝의 역사를 새로 쓰는 건가

─아니, 그래도 옛날에는 혼성 그룹 좀 있지 않았어?

　ㄴ00년대 이후로 본 기억이 없는데요

　ㄴ어차피 유닛제라 홍보만 때리고 같이 나오지도 않을 듯

　ㄴ단체곡 하나 뽑고, 에이틴 한 곡 뽑고 나머지는 유닛 나눠서 나오겠징

—그런 원래 에스떱이 실험 정신 하나는 뛰어나지……. 더 신기한 건 하나도 안 망했다는 거;;

ㄴ한태무 씨… 당신은 몇 수 앞을 보신 겁니까…….

ㄴ분명 이렇게 욕 처먹다가 막상 나오면 다 앨범 뜯고 있을 거 같음

ㄴ에스떱도 많이 말아 처먹음. 사람들이 잘된 것만 기억해서 그래

—왜 애들 기를 죽여……. 할미는 파이팅 넘치는 고딩들이 무대 위에서 열심히 뛰어 댕기는 거 아주 보기 좋아요^^

—벌써부터 여기저기서 다 까이는 거 봐서는 무조건 흥하겠다 ㅋㅋㅋㅋㅋㅋ

ㄴ무조건임

ㄴ딴건 몰라도 화제성은 이미 만렙인걸?

ㄴ응원한다! 얘들아!

—나는 에이틴 좋아! 노래도 잘하구 춤도 잘 추구. 애들도 너무 귀여움 ㅠㅠ 연애설만 터지지 마라……. 제발

ㄴ안 터질 리가 없는데

ㄴㅅㅂ 좀 닥쳐

ㄴ급발진 봐

ㄴㅋㅋㅋㅋㅋㅋㅋㅋㅋㅋㅋㅋㅋ

"후하… 후… 하……. 나 못 보겠어."

최성훈은 숨을 헐떡거리면서 벽에 붙어섰다.

본인이 서치해 온 게시 글이면서 댓글은 못 보겠단다.

그런 이유로, 댓글은 이 중에서 가장 배짱이 강한 이유승과 신서진이 보기로 했다.

"왜? 뭐래?"

반쯤 눈을 가린 최성훈은 긴장한 목소리로 이유승에게 물었다.

제 질문에도 대답이 없다.

이유승은 목각 인형처럼 서서 심각한 얼굴로 열 페이지가 넘어가는 댓글을 하나씩 찬찬히 훑고 있을 뿐이었다.

"왜……? 다 욕이야?

유민하 역시 떨리는 목소리로 말을 얹었다. 커버 영상 하나 공개되었을 뿐인데, 이전과는 중압감이 남달랐다.

이제부터 본격적인 시작이다. 사소한 평가 하나하나가 너무 신경 쓰일 수밖에 없었다.

"노래 못한대? 실력이… 눈에 안 찬대?"

"……."

"야, 불안하게 왜들 말이 없어."

유민하는 발을 동동 굴렸다.

이유승의 어깨 너머로 대충 댓글을 훑어본 신서진은 고개를 저었다.

너무 걱정하는 얼굴들이라 먼저 입을 떼었다.

"실력이 부족하다는 말은 없는데."

애초에 그런 부류의 악플은 보이지도 않았다. 다른 걸로 욕하는 것도 딱히 없고.

신서진은 딱 거기까지만 대답하고선 입을 다물었다.

"그런데……?"

왜 말이 거기서 끊기지?

의아해진 유민하는 신서진의 말끝을 잡아 물었고, 그는 댓글들의 내용을 한마디로 요약했다.

그러니까.

쉽게 말해서…….

"연애하면 죽여 버린대."

*　　　　*　　　　*

그날 밤, B유닛 숙소 앞에 애들을 내려준 고선재 매니저는 몇 번이고 당부했다.

"한동안 시끌시끌할 테니까 당분간은 댓글 보지 말고, 데뷔 준비만 열심히 해."

당장 몇 시간 전에 커버 영상이 SW 엔터 공식 너튜브에 올라갔다.

그 뒤에는 SW 엔터에서 준비한 기사들이 우르르 쏟아졌고.

데뷔 멤버가 처음으로 확정되는 날이니만큼, 그 파장은 상당할 것이었다.

댓글을 보는 걸 아예 막을 수는 없지만 하루 종일 그것만 붙들고 있을까 봐 괜히 걱정된다.

그런 고선재 매니저의 마음을 모르지는 않는지, 다섯은 우렁찬 목소리로 대답했다.

"네엡!"

"어우, 걱정 마세요. 저희 숙소에 와이파이 끊어 놨어요!"

"야, 지금부터 댓글 보는 사람 핸드폰 박살 낸다."

최성훈은 한쪽 손을 주머니에 꽂아 넣은 채 걸렁하게 덧붙였다.

가장 안 무서운 놈이 저리 폼을 잡고 있으니 어이가 없다.

"적당히 자제해서 보겠습니다."

신서진은 최성훈을 깔끔히 무시하고선 고선재 매니저의 말에 대답했다.

아예 안 볼 거라고는 애초에 기대조차 안 했기 때문에, 차라리 솔직한 대답이 믿음직스럽다.

"그래, 너네 믿는다."

고선재 매니저는 한시름 놓은 채 차로 돌아가려다가 멈춰섰다.

"아, 맞다."

하마터면 잊을 뻔했다.

고선재 매니저는 숙소 안을 손으로 가리키며 말을 뱉었다.

"너네 숙소에 케이크 하나 갖다 놨다."

"케이크요?"

체중 관리하라며 줬다가도 뺏을 마당에 갑자기 웬 케이크?

신서진은 두 눈을 동그랗게 떴다.

혹시 데뷔 확정 기념인가 했는데…….

그럴 리가 없지.

SW 엔터는 늘 그렇듯 속셈이 있었다.

고선재는 웃으면서 한성묵 팀장이 부탁했던 사항을 전달했다.

"아, 팀장님이 시간 되면 영상 찍어 오란다. 그, 휴대폰 카메라로 막 찍은 것 같은 그런 내추럴한 영상 있잖아. 괜찮으면 그 영상 회사에서 쓰겠대."

"아."

"영상만 찍고 먹으면 되죠?"

"찍고 나서 한 입씩 먹고 남은 케이크는 냉장고에 넣어 두래. 내일 팀장님이 가져가신다던데? 너네 체중 관리해야지."

"……."

미친놈인가?

신서진의 입에서 순간 험한 말이 나올 뻔했다.

차마 욕을 할 수는 없어서 떨리는 목소리로 말을 포장했다.

"신박한 발상이군요."

"그렇지? 팀장님도 만족해하셨어."

눈치 없는 고선재 매니저가 말을 얹는 동안, 애들의 표정은 점점 더 썩어 가고 있었다.

무슨 말 같지도 않은 소리를 하고 있어.

그때, 신서진의 뒤에 슬쩍 다가온 최성훈이 그의 귓가에 대고 속삭였다.

"야, 먹어 치우고 나서 생각하자."

그거 괜찮은 생각인데?

이럴 때는 두 사람도 죽이 아주 잘 맞는 편이었다.

"다람쥐가 물어 갔다고 하지."

"뒷산의 곰이 먹었다고 할까?"

"…최고야."

신서진은 마찬가지로 이유승과 눈짓을 주고받았고, 눈치 빠른 이유승은 두 눈을 반짝였다.

　한편, 아무것도 모르는 고선재 매니저는 해맑게 손을 흔들면서 차에 올랐다.

　"그래, 오늘은 다들 들어가서 푹 쉬고! 나는 이만 가 볼게. 내일 또 보자."

　"네엡!"

　"조심히 들어가세요!"

　공손한 인사와 함께, 모두들 입가에 미소를 띤 채 고선재를 배웅했다.

　하지만, 눈빛만 봐도 알 수 있었다.

　다들 말을 들을 생각이 없어 보이는데?

　"……."

　쾅.

　그렇게 고선재 매니저가 탄 차 문이 닫히자마자.

　시선을 교환한 B유닛 다섯 명은 빠르게 계단을 뛰어 올라갔다.

　"우와아아아아!"

　무려 첫 숙소였다.

　　　*　　　　*　　　　*

　에어컨을 틀지 않아 후덥지근한 숙소.

　신서진은 조심스럽게 숙소 안에 발을 들였다.

숙소 생활은 처음이다.

굳이 따지자면 기숙사 생활과 비슷하긴 하겠지만, 앞으로 다섯 명이서 함께 살 것을 생각하면 우선 이 공간을 봐 둘 필요가 있었다.

"여기가 숙소야?"

딸깍.

불을 켠 신서진은 놀란 눈으로 주위를 돌아보았다.

방은 두 개, 좁아 보이는 거실이 가장 먼저 눈에 들어왔다.

지어진 지 얼마 안 되었는지 깔끔해 보이는 집 내부였지만, 다섯 명이 살기에는 생각보다 좁은데?

신서진은 휘둥그레진 눈으로 나직이 중얼거렸다.

"아니, 인간들은 여기서 어떻게 살아……."

"이 정도면 괜찮잖아."

"깔끔한데?"

상대적으로 기준이 낮은 이유승과 차형원은 만족스럽다는 듯 찬찬히 숙소 안을 훑었고.

어느샌가 신서진의 옆에 선 최성훈은 머리를 긁적이며 말했다.

"좁네……."

"그렇지?"

생각보다 좁다니까?

우선 넓이는 차치하고 집 안을 둘러봐야겠다. 몸을 돌린 신서진은 그다음으로 방 안에 들어갔다.

그런데.

"음?"

2인실이라 침대가 서로 마주 보고 놓여 있었던 서을예고 기숙사와 다르게, 난생처음 보는 특이한 구조의 침대가 눈에 들어왔다.

그러니까, 무려 한 방에 세 명이 들어갈 수 있도록 만들어 둔 이층 침대였다.

신서진은 제 키만 한 침대 앞에서 멈춰 섰다.

"이건 또 뭐야?"

"이층 침대 말하는 거야? 너, 설마 이거 처음 봐?"

이유승은 놀란 눈으로 신서진을 돌아보았다.

표정을 보아하니 저건 진짜다.

"으으음……."

신서진은 마치 침대를 분석하듯 아래위로 훑었다.

무려 하나의 침대로 사람 두 명을 수용할 수 있는 상당히 효율적인 구조.

"닭장 같군."

신서진의 신랄한 평가에 이유승은 입을 떡 벌렸다.

"인간들은 감금이 취향인가."

"그 정도는 아닐 텐데."

"그 정도 맞아. 확실한 건 위층에서 뛰면 층간소음이 아주 잘들릴 것 같거든."

"2층 재밌잖아. 그래 놓고선 이따가 2층에서 자고 싶다고 조르는 거 아니냐?"

2층이 주는 특수함이 있다며 생글거리는 이유승의 말에, 신서진이 딱 잘라 말했다.

"너에게 양보할게. 나는 생각만 해도 관절이 쑤셔서."

"뭐야, 말하는 건 무슨 노인이야."

이유승이 툴툴대며 다른 방으로 나가려는 순간.

그때, 냉장고에서 케이크를 찾은 최성훈이 흥분한 목소리로 소리쳤다.

"어! 여기 있다!"

사실 방 구경은 짧게 하고 지나가고, 아까부터 케이크에 정신이 팔려 있었다.

"와, 미친. 야, 아이스크림 케이크야."

"이거 맛있는 거네."

"바로 뜯어요, 형."

최성훈은 신이 난 얼굴로 콧노래를 흥얼거리며 좁은 거실에 케이크를 꺼내 놓았다.

이층 침대 중 아래층에 빠르게 자리를 맡아 둔 신서진은 뒤늦게 거실로 따라 나왔다.

우당탕탕.

최성훈이 시끄럽게 케이크를 세팅하는 동안, 차형원은 주머니에서 휴대전화를 꺼내며 당부했다.

"매니저님이 영상 찍어 놓으라고 하셨으니까, 먹는 거 짧게 한 컷만 찍자."

"네, 좋아요."

다들 촬영은 뒷전에 두고 이미 입맛을 다시고 있었다.

"빠르게 찍고 바로 먹을까요?"

최성훈은 진작에 부엌에서 케이크 칼을 꺼내 온 상태였다. 신
서진은 케이크를 내려다보며 짧게 감탄했다.

"와."

손기술이 굉장하다.

"그거 수제 케이크 아니야."

아.

어찌 되었건 영상을 찍기 위해 팀장이 나름 비주얼을 생각한
것인지 케이크의 생김새가 귀여웠다.

고작 입에 들어갈 케이크 주제에 동그란 눈과 입에 발그레한
홍조까지 그려져 있는 것이, 유명 동물 캐릭터 루비의 얼굴 모양
케이크였다.

이걸 입에 그냥 넣어도 되나?

신서진이 고민하는 동안, 최성훈은 칼을 들고선 고개를 갸웃
거렸다.

빨리 먹고 싶은데 이거 각도가 안 나오네.

"그냥 이렇게 자르면 되는 건가?"

캐릭터 케이크라서 조금 애매했다.

쉽사리 자르지 못하고 쭈뼛거리던 최성훈은 신서진에게 칼을
내밀었다.

"네가 할래?"

이층 침대도 모르는 신에게 케이크 칼을 맡겼다.

그것이 상당히 잘못된 선택이었다는 것을 최성훈이 알 리 없
었다.

"촬영이니까 깔끔히 잘라."

"그냥 대충 잘라. 먹을 수만 있으면 됐지. 겉에 딱딱해서 잘 안 잘릴걸?"

최성훈과 이유승의 상반된 주문 사항.

침착하게 플라스틱 칼을 손에 쥔 신서진은 폰 카메라를 든 차형원을 돌아보았다.

"어, 찍는다."

카메라 ON.

녹화가 시작되자마자 최성훈이 입을 뗐다.

"네, 저희 지금 팀장님이 특별히 준비해 주신 케이크 들고 숙소에 왔거든요."

"숙소 살짝 찍어 드리죠."

"네에, 이게 지금 저희 숙소거든요. 그리고 서진이가 케이크 지금 썰어 준다고 준비하고 있어요."

스마일.

신서진은 칼을 들고 해맑게 웃으며 손을 흔들었다.

"지금 자른다?"

"네, 잘라 주시죠."

최성훈의 말에 플라스틱 칼을 손에 쥐었고, 별생각 없이 루비 케이크를 썰려던 순간.

덜컹덜컹.

신서진은 무언가 잘못되었음을 느꼈다.

"이거 생각보다 딱딱한데?"

이유승의 말대로 케이크가 잘 썰리지 않는다.

"스읍······."

'서진아. 웃어, 웃어.'

신서진은 웃으면서 손에 힘을 더 주었으나.

서걱서걱.

칼이 겉돌기 시작하면서.

끄덕.

끄덕끄덕.

광기의 루비 케이크가 열심히 고개를 끄덕이기 시작했다.

"네, 지금 맛있게 케이크를 먹으려고 자르……."

멘트를 이어 가던 최성훈은 촬영되고 있는 화면을 보고선 말을 멈췄다.

서걱서걱.

"아, 이거 왜 안 돼."

덜컹덜컹덜컹.

"야, 잠깐만."

끄덕끄덕끄덕끄덕.

"케이크가 귀엽네."

"그……."

"근데 왜 안 잘리지?"

빡!

쾅!

"잠, 잠깐만."

최성훈은 쉬지 않고 케이크를 썰어 대는 신서진을 제지했다.

"화면에서 되게 무섭게 나와."

"…그래?"

톱질하는 줄 알았다고.

한성묵 팀장이 요청한 브이로그는 이런 느낌이 아니었을 텐데.

분명 분위기 좋은 숙소.

뽀짝한 케이크를 나눠 먹으며 하하 호호 하는 장면을 보고 싶어 하지 않았을까.

그런데 이건 동심 파괴 영상이잖아!

아무래도 안 되겠다.

"한 번에 잘라."

신서진은 최성훈의 말에 해맑게 고개를 끄덕였고.

있는 힘껏 케이크를 내리쳤다.

그리고.

빡!

엄청난 굉음이 숙소 내에 울려 퍼졌다.

"……."

그렇게 케이크가 사망했다.

찰나의 침묵을 깨고, 끝까지 휴대전화를 들고 있었던 차형원이 입을 떼었다.

"…이거는 못 쓸 것 같은데?"

*   *   *

김재원의 퇴사로 가수 팀의 분위기는 여전히 시끌시끌했다.

연습생들 상대로는 쉬쉬하는 분위기였지만, 사실 회사 내에서 알 사람들은 다 알고 있었다.

그 뒷수습은 고스란히 남은 직원들의 몫이었다.

제길.

가뜩이나 바쁜 시즌인데 일이 더 늘었다.

때문에 한성묵 팀장은 유달리 초췌한 안색으로 사무실에 도착했다. 새 그룹 데뷔 문제로 마케팅 팀과 의견을 조율하느라 어제도 야근이었다.

그래도 짧게나마 제 손에 있었던 연습생들인데, 기왕이면 성공하는 모습을 보고 싶다. 한성묵은 그 일념으로 최선을 다하고 있었다.

다크서클이 저 아래까지 내려온 한성묵 팀장은 이른 아침부터 생글거리고 있는 고선재 매니저를 돌아보았다.

바쁜 것은 분명 자신과 비슷할 텐데 저럴 때 보면 젊은 게 좋긴 좋다.

한성묵 팀장은 고개를 끄덕이며 물었다.

"왜? 무슨 일이야?"

"어제 요청하셨던 영상입니다. 제가 애들 시켜서 찍어 오라 했습니다!"

아, 그거.

한성묵 팀장은 난처한 얼굴로 머리를 긁적였다.

원래는 너튜브 공식 영상에 쇼츠로 짧게 올릴 생각이었는데, 마케팅 팀이 별로 필요 없을 것 같다고 해서 무산되었다.

"딱히 없어도 될 것 같은데."

오히려 더 중요한 것은 다른 문제였다.

한성묵 팀장은 심각한 얼굴로 덧붙였다.

"설마. 그 케이크 다 먹진 않았지?"

"아이, 그게 중요하세요?"

"되게 중요한데. 뮤비 조금 있으면 찍을 텐데, 애들도 최대한 잘 나와야지……"

고선재 매니저는 헛소리를 늘어놓은 한성묵 팀장의 말을 끊으려 영상을 들이밀었다.

"필요 없어졌어도 한번 보세요. 장난 아닙니다."

그래?

아까까지만 해도 심드렁하던 한성묵 팀장의 두 눈이 빛났다.

"공식 계정에 올릴 만해?"

"그으… 건 조금 애매한데요."

"일단 켜 봐."

"네, 여기 있습니다!"

저렇게까지 말하니까 더 궁금해진다.

고선재 매니저는 USB를 컴퓨터에 꽂고선 곧바로 오늘 아침 애들한테서 전달받은 영상을 재생했다.

잔뜩 부푼 기대감을 안은 채 팔짱을 낀 한성묵 팀장.

─케이크 자른다?

─와, 맛있겠다!

우다다다─.

캐릭터 모양의 뽀짝한 외관의 케이크.

한 조각이라도 먹어 보겠다고 달려드는 애들의 모습을 보고 있으니, 입가에 미소가 지어졌다.

"어, 근데 공식 계정에 올리기에는 조금 무난……"

아니, 무난할 줄 알았다.

쿵—.

쿵—.

서걱서걱—.

"……."

별생각 없이 영상을 지켜보고 있던 한성묵 팀장은 자세를 고쳐앉았다.

—이거 왜 안 잘려?

달랑달랑—.

덜컹덜컹—.

—루비야, 웃어!

냅다 케이크 칼로 뽀짝한 캐릭터의 머리를 가르고 있는 모습은…….

이거 맞아?

"무… 무서운데?"

그리고, 대미를 장식하는 한 방.

빡!

개박살이 난 케이크를 내려다보며 멍하니 서 있는 신서진과, 조용히 접시를 가져와 먹기 시작하는 이유승.

—어라……?

혀를 차는 차형원의 목소리가 차례로 들려왔다.

—이건 못 쓰겠다…….

—몰라. 일단 먹어!

"……."

한성묵 팀장은 무표정으로 고개를 돌렸다.

"크흡… 흐흐흡……."

고선재 매니저가 입을 틀어막은 채 숨이 넘어가라 웃어 대고 있었다.

저게 대체 왜 웃긴지는 모르겠는데.

한성묵 팀장은 짧게 혀를 찼다.

"너는 참 천직이다."

"네?"

"아니야."

후우…….

"끄자."

짧게 한숨을 내쉰 한성묵 팀장은 한마디를 뱉었고.

"넵."

고선재 매니저는 조용히 USB를 컴퓨터에서 뽑았다.

*   *   *

좀 생각해 본 끝에 그 공포 영상은 폐기하기로 했다.

"앞으로는 좀… 정상적인 걸로 찍어 오라 그래."

한성묵 팀장은 그렇게 말하고선 화제를 돌렸다. 사실 신경 써야 할 것이 지금 한두 가지가 아니었다.

"앨범 준비는? 애들 스케줄 나왔어?"

타이틀곡이 아직 안 정해진 상황이었다.

유명 작곡가들에게 곡을 맡겨서 후보가 될 곡들은 여러 개

뽑혔는데, 더블 타이틀로 갈지 하나만 갈지도 여전히 미정이다.

"다영이 자작곡 하나 넣는다며."

"네, 지금 상의 중에 있습니다."

"그걸 그러면 G유닛 애들 곡으로 갈 거야? 시간상 조금 빠듯할 거 같은데. 아마 다음 활동으로 넘길 확률이 높아 보이더라."

"천천히 하라고 전해 놓겠습니다."

"가수 팀은 요새 시끄럽지?"

"아무래도… 그렇긴 한데요."

한성묵 팀장은 안타깝다는 듯 혀를 차면서 고선재를 바라보았다.

들어온 지 얼마 되지도 않았는데 우상윤과 함께 가수 팀 일당백을 하게 생겼으니.

"조만간 타이틀곡 얘기 나올 거 같은데, 그때 또 다시 보자고."

그 순간이었다.

사무실의 전화벨이 요란하게 울려 댔다.

"어, 잠깐만."

한성묵 팀장은 고개를 쭉 빼고선 발신인을 확인했다.

마케팅 팀으로부터 걸려 온 전화였다.

"애들 화보 때문인가 본데."

"넵, 전화 받으세요."

한성묵 팀장은 전화기를 한 손에 든 채 낮게 깔린 목소리로 말을 뱉었다.

"네, 신인 개발 팀 한성묵 팀장입니다."

대수롭지 않게 받은 전화에 한성묵 팀장의 표정이 점점 굳어
져 갔다.

"뭐라고요……?"

그렇게 되묻는 한성묵 팀장의 얼굴은 이미 새하얗게 질려 있
었다.

*   *   *

한성묵 팀장은 수화기를 움켜쥔 채 되물었다.

방금 믿을 수 없는 말을 들었다.

최종 데뷔 멤버가 밝혀진 지 얼마 되지도 않은 상황에서 SW 엔
터를 발칵 뒤집어 놓을 만한 소식이었다.

잔뜩 흥분한 목소리가 사무실 내에 울려 퍼졌다.

"그게 무슨 소리야? 학폭이 터져?"

─네, 지금 당장 기사 확인해 보셔야 할 것 같습니다.

한성묵 팀장은 떨리는 손으로 컴퓨터를 켰다.

"이게 대체 무슨 날벼락이야……."

문제의 시발점은 오늘 오전에 올라온 커뮤니티 게시 글이었
다.

곧 데뷔 예정인 아이돌 멤버의 학교폭력 사실을 폭로하겠다며
올라온 게시 글.

한성묵 팀장은 다급히 마케팅 팀이 보내 온 링크로 접속했다.

마케팅 팀 직원의 말마따나 게시 글이 하나 올라와 있었다.

"이거야?"

심지어 실시간 인기 글 1위를 찍고 있다.

"제길."

한성묵 팀장은 나직이 욕설을 뱉었고, 고선재 매니저는 차갑게 식은 그를 돌아보며 물었다.

"팀장님, 무슨 일 있으십니까?"

"이거 빨리 확인해 봐. 어떻게 된 일인지 알겠어?"

"네? 이게 무슨……."

자세한 설명을 할 시간도 없었다.

한성묵 팀장은 자리에서 비켜서며 고선재를 향해 손짓했다.

고선재의 시선이 모니터로 향했다.

곧 데뷔 예정인 한 남자 아이돌의 학교폭력 사실을 고발합니다…….

[제목 그대로입니다.

○○중 재학 중에 저를 죽어라 괴롭혔던 놈이 데뷔를 한다는 소식을 들었습니다.

2년간 잊고 살았는데, 너튜브로 얼굴을 본 순간 그때의 기억이 떠올라서 미칠 것 같습니다.

제가 고소당하는 한이 있어도 그 새끼 데뷔해서 잘되는 꼴은 못 보겠습니다.

그래서 이렇게 ○○중 재학 시절 그 자식이 저질렀던 만행을 폭로하려고 합니다…….]

그 아래로는 자신이 당했던 것들에 대한 상세한 설명과 세모중학교 졸업 앨범 인증 사진이 올라와 있었다. 금품 갈취는 물론, 자신의 가정환경에 자격지심이 있어 그것을 핑계로 자신을 괴롭히고 폭행했다는 내용.

"……"

게시 글을 천천히 훑던 고선재 매니저의 얼굴이 차갑게 식었다.

A라고 지칭한 학폭 상대에 대한 설명이 가감 없이 서술되어 있었다.

대형 기획사 데뷔, 메인 댄서, 서울예고 출신까지…….

조합해 보면 생각나는 사람이 하나밖에 없지 않나.

"이거 유승이 아닙니까?"

"누가 봐도 그렇게 특정되게 써 놨지."

한성묵 팀장은 지끈거리는 머리를 부여잡고서 게시 글을 노려보았다.

커뮤니티에 게시 글부터 올라온 터라, 이제 와서 SW 엔터에서 기사를 막는다 해도 이미 밑 빠진 독에 물 붓기였다.

"어때, 사실 같아?"

"아닐 거라 믿고 싶습니다."

고선재 매니저는 아랫입술을 깨문 채 그렇게 대답했고, 착잡한 심정은 한성묵 팀장 역시 마찬가지였다.

하지만, 지금은 사실 여부를 알아내는 것이 먼저다.

일단 이유승을 만나 봐야 한다.

한성묵 팀장은 다급한 목소리로 외쳤다.

"지금 빨리 애들 불러!"

　　　　*　　　　　*　　　　　*

　같은 시각, B유닛의 숙소.

　누구 하나 먼저 입을 떼지 못할 만큼, 고요한 적막만이 숙소를 감돌았다.

　온 게시판이 시끌시끌하게 달아올랐으니 모르고 있을 수가 없다.

　팀에서 나이가 가장 많은 차형원이 사태를 수습하기 위해 나섰다.

　"곧 팀장님이 여기로 오실 거야. 그 전에 우리랑 얘기 좀 하자."

　반쯤 넋이 나간 이유승은 굳은 얼굴로 차형원을 올려다보았다.

　아까부터 저 자세로 제 폭로 글만 수십 번 반복해서 보고 있다.

　보다 못한 최성훈이 이유승의 휴대전화를 뺏어 들었다.

　"야, 내놔."

　획—.

　갑자기 휴대전화를 뺏긴 이유승은 별말 없이 최성훈을 돌아보았다.

　눈빛에 조금의 생기도 없었다.

　"…애가 완전 맛이 갔네."

　최성훈은 인상을 찌푸리며 이유승을 바라보았다.

　이유승과는 겨우 2년 본 사이. 친하게 지냈던 시간을 따지면 반년도 채 되지 않았다.

　그럼에도 최성훈은 자신이 이유승을 잘 안다고 생각했다.

　그래서 조심스럽게 입을 떼었다.

"세모중 졸업이면……. 야, 겨우 2년 전이야. 솔직히 말해서 네가 무슨 성인군자는 아니지만, 이 정도로 개차반인 인간이라고는 생각 안 해."

최성훈은 아랫입술을 잘근 깨물었다.

"말해 봐. 어떻게 된 거야?"

신서진 역시 최성훈과 의견이 같았다. 그렇기에 별다른 재촉 없이 이유승의 말을 기다리려 했다.

억울하면 해명할 것이고, 최소한 그 해명은 믿어 줘야겠지.

그렇게 모두가 이유승을 돌아보며 기다리던 순간.

마침내 이유승이 입을 떼었다.

"짚이는 게 하나 있기는 해."

"그게 뭔데?"

이유승은 창백하게 질린 얼굴로 힘겹게 말을 꺼냈다.

누가 봐도 게시 글의 내용은 상당히 상세했다.

이유승을 아예 모르는 사람이 적은 내용이라고는 생각되지 않았다.

오히려 그렇기에 대중들은 벌써 게시 글의 내용을 기정사실화하는 중이었다.

애초에 글 내용이 그렇게 자세한 이유는…….

이유승은 고개를 푹 숙였다.

"비슷한 일이 있었으니까."

"…비슷한 일이 있었다고?"

이유승의 한마디에 차형원의 표정이 굳었다.

방금 발언은 게시 글 속 내용이 사실이라고 인정하는 것밖에 안 되었으니.

하지만, 이유승은 그런 뜻이 아니라며 고개를 저었다.

"그게 아니라… 이게 어떻게 된 거냐면요."

이유승은 두 눈을 질끈 감은 채 한 사람의 이름을 떠올렸다.

곰곰이 되짚어 봐도 이런 글을 올릴 사람은 한 명밖에 없다.

"하정호라고 있어요. 저를 죽어라 싫어하는 애, 이런 짓을 할 건 그 자식밖에 없거든요."

지금으로부터 2년 전, 같은 반에서 친했던 녀석이었다.

이제 와서 그 이름을 다시 입에 올리게 될 날이 올 줄은 몰랐다.

"처음에는 친했어요. 나중에 뒤통수치다가 걸린 거지."

"뒤통수?"

"기획사 제의 오고 나서요. 걔도 아이돌 준비했었으니까."

세모중 재학 시절, 중소 기획사에서 계약 제의를 받은 적이 있었다.

하정호는 오디션을 볼 때마다 줄곧 떨어진 데 반해, 오디션을 보지도 않은 자신에게 덜컥 제의가 와 버린 것이다.

하지만 서울예고 진학을 목표로 하고 있었던 이유승은 당시 그 제의를 거절했다.

나중에야 알았다.

"저는 꿈을 위해서 거절했던 건데, 그 자식은 제가 배가 불렀다고 생각한 거죠."

"대형 기획사 아니면 쳐다도 안 본다고?"

"네."

그 전까지는 모든 걸 터놓고 얘기할 정도로 허울 없는 사이였다.

정말 좋은 친구라고 생각했었으니까.

하지만 그게 후회로 돌아올 줄은 꿈에도 몰랐다.

이유승은 한숨을 내쉬며 말을 이었다.

"그 뒤에, 둘이 같이 서울예고 입시를 봤었어요."

"…그런데 너만 합격했구나."

"네. 그때부터 자격지심에 미쳐 돌아간 거고……"

그러고, 한 달 뒤부터 학교에 이상한 소문이 나기 시작했다.

이유승은 이를 악문 채 미간을 찌푸렸다.

사실 반년간 그렇게 붙어 다니면서도 한 번도 제 입으로 꺼낸 적이 없던 말이었다.

자신의 약점이라고 생각했으니까.

그 약점을 이용해 먹은 하정호 같은 놈이 또 나타날까 봐 그렇게 악착같이도 숨겼는데…….

지금은 말해야 할 순간이었다.

이유승은 두 손을 모은 채 입을 떼었다.

"쟤 엄마가 바람피워서 애 버리고 튀었다고, 반 전체에 소문이 났으니까."

그 말을 들은 차형원의 얼굴이 차갑게 식었다.

"그걸 아는 사람이 개밖에 없어요. 그러라고 말해 준 사실은 아니었지만."

이유승은 거친 숨을 몰아쉬며 솔직하게 말했다.

"그래서……. 그래서 제가 그 자식 찾아가서……."

"한 대 쳤냐?"

"아뇨. 멱살만 잡았는데요."

"…나였으면 쳤어."

차형원은 짧은 탄식을 뱉으며 창밖을 돌아보았다.

남의 상처를 후벼파 놓고선 잘되는 건 또 보기 싫어서 글을 썼어?

"완전 개자식 아니야, 이거?"

＊　　　　＊　　　　＊

숙소에 한성묵 팀장이 다녀갔다.

사건의 전말을 전부 듣고선 욕지거리를 뱉고 돌아갔다.

애초에 학교폭력이 아니라 쌍방 싸움이다.

SW 엔터에서는 사실무근으로 입장을 내놓을 것이라 했다.

그렇게 마무리 될 거라 생각했는데…….

다음 날에도 폭로 글이 쉬지 않고 올라왔다.

SW 엔터에서 기사를 내서 수습했지만 폭로 글이 이어지니 대중들의 의견도 그쪽으로 기울기 시작했다.

─저 정도로 나오는데 그냥 팩트 아님?

└에스떱이 눈 가리고 아웅하네 ㅋㅋㅋㅋ

└대형 기획사라 언플은 진짜 오지게 잘함

─애초에 첫 게시 글 터졌을 때부터 엄청 상세했는데 거기다 대고 중립 기어를 박니 어쨌니 ㅋㅋㅋ 나는 그때부터 짐작했어 팩트라는 거

└아직 팩트로 밝혀진 거 아무것도 없음

ㄴㅋㅋㅋㅋㅋㅋㅋ누가 봐도 팩트 맞는 거 같은데?

ㄴ에스떱도 반박 의견은 하나도 못 내놓던데

―일관된 폭로 글 VS 일단 아니라는 소속사 둘 중 뭐가 더 신빙성 있음?

ㄴ동창들이 아니라고 글 올렸어요

ㄴ맞다고 글 올린 동창들도 많던데?

ㄴ세모중에서 무슨 일이 있었던 거임ㅋㅋㅋㅋㅋ

―제발 저런 애들은 데뷔시키지 말았으면

ㄴ아이돌 자격 없는 애들이 춤 좀 잘 춘다고 개나 소나 덤벼서 그럼

ㄴ에스떱 대처 보겠음

ㄴ아 ㅈㄴ 실망할 거 같아 내가 너네들한테 바친 돈이 얼마냐? 제발 일 처리 좀 제대로 해 ㅠ

허강민은 걱정스러운 눈길로 이유승을 바라보았다.

당연하지만 이유승은 어제부터 제정신이 아니었다.

넋을 완전히 놓고선 머리를 싸매고 있다.

"이건 대체 무슨 내용인지도 모르겠어. 누가 올렸는지도 감이 안 잡혀."

"전혀 사실이 아니라는 거지?"

"…있었던 일도 아니야."

이유승은 눈을 질끈 감고서 벽에 머리를 기대었다.

어젯밤엔 한숨도 못 잤다.

자고 일어나면 해결되길 바랐건만, 더더욱 논란은 활활 타오

르고 있었다.

초상집이나 다름없어진 숙소의 분위기.

허강민이 파리해진 안색의 이유승을 챙기는 동안, 신서진은 현실적인 도움을 주려 노트북 앞에 앉았다.

'미친 것들.'

신서진은 노트북의 스크롤을 내려 게시 글을 유심히 살폈다.

"내용은 다 다른데 되게 상세하고… 심지어 일관적이고……."

같이 사는 사람조차 홀딱 믿을 만한 정도니, 아무것도 모르는 사람은 더더욱 그럴 만했다.

하지만, 신서진은 이유승이 거짓말을 하고 있는 거라 생각하지 않았다.

억울해서 미칠 것 같은 눈빛.

저러다가 정말 미쳐 버릴 건 아닌가 싶을 정도로 이유승은 식음을 전폐하고 있었다.

뭐라도 도와줘야 한다.

신서진은 모니터에 시선을 고정한 채, 한참 동안 뚫어져라 노려보았다.

한 문장, 한 문장씩 찬찬히 뜯어보았다.

거짓말이라면 분명 논리의 허점이 있을 것이다.

그렇게 몇십 분 동안 모니터만 노려보았을까.

눈이 서서히 뻐근해지려던 순간.

신서진은 스크롤을 내리다가 멈추었다.

"어?"

같은 동창이라는 걸 증명하기 위해서 올린 졸업 앨범 사진.

그것을 천천히 훑어 내리던 신서진은 이상한 점을 눈치챘다.

"스크래치……."

딸깍.

신서진은 마우스를 클릭했다.

우후죽순으로 올라온 폭로 글 중 다음 게시 글이었다.

여기에도 마찬가지로 있는 졸업 앨범 사진.

신서진은 사진의 크기를 키워 다시 확인했다.

크게 보니 조금 더 선명한 것도 같다.

사진상으로는 잘 보이지 않는 미세한 스크래치.

"비슷한 것 같은데?"

다 다른 장소에서 찍었고 다른 각도로 찍은 사진들이다.

그런데.

졸업 앨범 속 스크래치는 그대로였다.

종이 안쪽에 난 스크래치라 모를 거라 생각했던 건가?

이어서 다음 글.

또 다음 글.

신서진은 조금의 미동도 없이 앉아 게시 글을 일일이 확인했다.

이유승이 학교폭력을 했다고 주장하는 동창들의 글을 클릭하며 대조해 본 결과.

마침내 확신했다.

"이거 전부 같은 놈이 쓴 거네."

Chapter. 4

누구 하나 쉽사리 입을 떼지 못하던 상황.

빙 둘러앉은 테이블에서 가장 먼저 침묵을 깬 것은 신서진이었다.

"이 게시 글, 전부 한 사람이 올린 것 같아."

"뭐라고?"

신서진의 말에 최성훈이 휘둥그레진 눈으로 되물었다.

신서진의 주장이 맞다면 실로 충격적이다.

이유승은 물론이고, 허강민과 차형원도 신서진을 돌아보았다.

신서진은 확신하듯 다시 강조했다.

"응, 이거 같은 사람이 올린 것 같다고."

오늘 새로운 폭로 글들이 연이어 쏟아지면서, 이유승은 줄곧 소파에 등을 기댄 채 그 자세로 굳어 있었다. 눈빛에는 조금의 생기도 없었고, 자리에서 일어나지도 않았다.

그랬던 이유승이 천천히 몸을 일으켰다.

신서진은 모니터 화면을 손으로 가리키며 말을 이었다.

"자세히 봐 봐."

창을 여러 개 띄운 신서진이 사진을 한 장씩 클릭했다.

그냥 봐서는 알아채기 어렵다.

신서진은 사진을 돌려 가며 하나씩 설명하기 시작했다.

원래부터 눈썰미는 좋은 편이다.

하지만 그런 신서진조차도 처음에 눈치채지 못했을 정도로 사진들은 상이했다.

"이렇게 보면 장소는 전부 달라. 인테리어도 다른 거 봐선 아예 다른 집에서 찍어서 올렸겠네. 제법 치밀하게 올렸어. 페이지도 다 다르게 찍으려고 노력했고."

첫 번째 사진은 단체 졸업 사진에서 이유승의 모습을 크롭했다.

두 번째는 단독 졸업 사진.

세 번째는 그다음 페이지를 찍은 듯했다.

전부 페이지가 다르고 촬영한 장소가 다르니, 모두들 같은 졸업 앨범이라고는 생각하지 않았을 것이다.

그런데, 자세히 보면 종이에 살짝 스크래치가 간 것이 보인다.

파본 불량이 있는 졸업 앨범이다.

대충 봐서는 알 수가 없는 수준의.

최성훈은 모니터를 한참 동안 노려보다가 조심스레 입을 뗐다.

누가 봐도 전혀 달라 보이는 사진들.

처음에는 신서진의 말이 터무니없다고 생각했는데 보면 볼수록 헷갈리기 시작한다.

"…그런 것 같기도 하고? 야, 다시 한번 돌려 봐 봐."

최성훈은 다급한 목소리로 신서진을 불렀다.

그림자에 가려서 잘 보이지는 않는데, 미세한 스크래치가 보인 것 같았다.

"그러네. 이 사진에도 있네."

"이것도."

"스크래치 맞는 것 같은데?"

그렇게 세 사람은 한참을 웅성거리다가, 동시에 이유승을 돌아보았다.

"……"

이유승은 여전히 말이 없었으나, 아까까지 창백하게 질려 있던 안색에 생기가 돌고 있었다.

이유승은 신서진의 말을 믿고 싶었다.

"같은 사람이 찍은 거… 맞는 거 같아?"

이유승은 답지 않게 떨리는 목소리로 물어 왔고.

신서진은 그 말에 고개를 끄덕이며 대답했다.

"어, 확신해."

차형원의 표정도 환하게 밝아졌다. 그는 마음고생했을 이유승의 어깨를 토닥이며 입을 뗐다.

"한 사람이 자아분열 해서 올린 글이라는 사실이 밝혀지면 사람들도 안 믿을 거야."

"맞아, 기사 내면 너 욕하던 사람들 싹 사라질걸?"

이 사건에 대한 대중의 신뢰도가 팍 떨어질 거라는 것은 자명한 사실이었다.

그렇게 되면 걱정 없이 데뷔할 수 있다.

그 녀석의 주장이 틀렸다는 사실도 증명할 수 있다.

이유승은 마른침을 삼키며 고개를 끄덕였다.

"지금 빨리 팀장님께 연락드리자."

신서진의 추측이 사실이라면 SW 엔터에서 도와줄 것이다.

이유승은 지푸라기라도 잡은 심정으로 전화를 찾았다.

하지만, 그 전에.

신서진의 눈에 이채가 서렸다.

"그 인간, 어디에 사는지 알아?"

*   *   *

다음 날, SW 엔터의 연습실.

이유승의 논란이 터진 뒤, 잠시 B유닛은 연습실에 나오지 않았다.

하지만, 언제까지고 연습에 손을 놓고 있을 수는 없었다.

결국, 오늘은 회사에 출근이다.

신서진이 연습실의 문을 열고 들어오자마자, 유민하가 걱정스러운 눈빛으로 물었다.

지난 며칠간 B유닛 애들을 보지 못했다.

"유승이는 괜찮아?"

논란 이후, 이유승은 숙소에 줄곧 박혀 있었다. 식음을 전폐할 정도였으니 당연히 유민하와 연락도 닿지 않았다. 걱정은 되는데 직접 찾아갈 수 없으니 발만 동동 굴렀었다.

신서진은 짧게 이유승의 상태를 얘기했다.

"오늘은 연습 쉬고 내일부터 나올 거야. 지금 기분은… 생각보단 괜찮아 보이던데?"

"그래? 다행이다."

SW 엔터에서 곧 대응 기사를 올릴 예정이고, 커뮤니티에서도 저 모든 글을 동일 인물이 올린 게 아니냐는 추측이 서서히 올라오고 있었다.

그 추측에 쐐기만 박는다면 여론이 지금보다는 훨씬 나아지겠지.

신서진은 그보다 다른 것에 더 관심이 쏠려 있었다.

"너 세모중이 어디 있는지 알아?"

"세모중……."

갑자기 웬 중학교?

그 이름을 곱씹어 보던 유민하의 두 눈이 동그래졌다.

"이유승이 나온 중학교 말하는 거야?"

커뮤니티에 이유승 졸업 앨범 사진만 열 몇 개가 올라왔으니, 이제는 누구나 녀석의 출신 중학교를 알게 되었다.

하지만, 그 이름이 신서진의 입에서 나올 줄은 몰랐는지, 당황한 유민하는 고개를 갸웃거렸다.

"어디 있는지는 알지. 여기서 별로 멀지는 않잖아."

"아, 그러면 하정훈이라는 사람은 알아?"

"······."

유민하의 표정이 싸늘하게 식었다.

이 다이밍에 신서진이 이유승의 중학교와 함께 처음 듣는 남자애의 이름을 입에 올린다는 것은······.

느낌이 싸해!

"너, 또 사고 치려는 거지!"

유민하는 주먹을 꽉 쥔 채 다급하게 외쳤다.

연습실 구석에서 연습에 집중하고 있던 서하린이 고개를 들었다.

"왜? 신서진 사고 쳐?"

"아직 사고 친다고 안 했는데."

"무슨 소리야. 너 방금 눈빛이 장난이 아니었어. 완전 사고 칠 눈빛이었다고."

"내 관상이 그렇게 글러 먹었나."

"응, 완전. 아니, 그 소리가 아니라······."

"나에 대한 평가가 아주 실망이야."

신서진은 혀를 차며 고개를 저었고.

유민하는 그게 중요한 게 아니라는 듯 신서진의 어깨를 붙들었다.

미안한데, 방금 전은 정말 사고 칠 눈빛이었다고.

혹시나 싶어서 물었다.

"너, 설마 찾아가려는 거 아니지?"

"에이. 그럴 리가."

신서진은 손사래를 치며 가볍게 웃었다.

'들켰다.'

제길.

이젠 반년 정도 함께 있었더니 수가 전부 읽히는 기분이다.

우선 부정하고 보았으나, 유민하는 불안함을 느꼈는지 덧붙였다.

"설마 아닐 거라고 믿지만……. 이 사실 팀장님이 아시면 기겁한다. 괜히 SW 엔터가 그 자식 안 찾아가는 줄 알아?"

"음."

신서진은 이 사실을 알면 길길이 뛸 한성묵 팀장의 얼굴을 떠올렸다.

이다영 때보다 몇 배는 더 분노할 것 같았다.

확실히 걸리면 여러모로 불편해질 것 같긴 하군.

신서진은 턱을 쓸어내리며 작게 중얼거렸다.

"아무래도 좀 그런가?"

"당연하지!"

연예계의 생태를 잘 모르는 유민하가 봐도 이건 미친 짓이었다.

"우리는 지금 일반인이 아니야. 너, 그거 명심해야 해."

얼마 전까지는 일반인이었다 쳐도 이제는 아니다.

SW 엔터 공식 너튜브에 데뷔 멤버가 공개된 상황.

분명 알아보는 사람들이 있을 거라니까?

"그리고 그 자식이 가만히 있겠어?"

하정훈이라는 놈이 에이틴 멤버 하나가 자신을 찾아왔다고 폭로해도 곤란할 뿐더러……. 어떻게 입을 막는다고 해도 변수가 너무 많았다.

유민하는 한숨을 푹 내쉬며 신서진을 진정시켰다.

"어쨌든 절대 안 돼. 같이 있는 사진 찍히기라도 하면 진짜 큰일 나는 거야."

같이 있는 사진이 찍히면 큰일 나겠구나.

신서진은 유민하의 말에 고개를 끄덕이며 생각을 바꿨다.

음. 그렇다면…….

"같이 있는 사진이 안 찍히면 되는 건가?"

"응?"

그 말을 하는 신서진의 두 눈이 반짝이자, 유민하는 불안해졌다.

왜… 대체 왜…….

이렇게 말렸는데도 사고 칠 것 같은 눈빛이지?

"걱정 마."

신서진이 외치는 말이 든든해야 하는데…….

"불안해……."

유민하는 눈을 내리깐 채 작게 읊조렸다.

*　　　*　　　*

쉬는 시간이 잠시 주어졌다.

혼자 남은 신서진은 아까 유민하가 했던 말을 곱씹었다.

굉장히 귀중한 조언을 들었다.

'같이 있는 사진이 찍히면 안 된다고 했지?'

신서진은 피식 웃으며 턱을 괴었다.

사실 그것은 그리 어려운 일이 아니다.

참새로 모습을 바꾼 전적이 있듯이, 신서진의 모습으로만 가지 않으면 될 테니.

"이번에는 뭐로 가야 하나……."

인간들이 무서워할 만한 것.

먼 옛날 이 땅에서는 사람들이 그렇게 호랑이를 무서워했다더라.

하지만 호랑이로 변신하면.

"…아무래도 총을 쏘겠지?"

명심하자. 지금은 현대다.

21세기에는 호랑이보다 인간이 더 강해진 관계로 기각되었다.

신서진은 다시 머리를 굴리기 시작했다.

특별한 결론이 나오지는 않았다.

"그냥 사람으로 가는 게 낫겠군."

그래, 일단 의사소통은 되어야 할 테니.

하지만, 문제는 따로 있었다.

"빛의 가루… 를 구해야 할 텐데."

다른 인간의 모습으로 변신하는 것은 빛의 가루를 더 많이 소모하는 데다가, 녀석과 대화할 시간까지 고려한다면 생각보다 더 필요할지도 몰랐다.

중간에 빛의 가루가 바닥나 변신이 풀리는 불상사를 피하기 위해서라도 가루를 많이 비축해 두어야 했다.

데뷔 영상이 올라간 후에 다행히도 바닥이 났던 가루가 많이 쌓이긴 했지만, 신서진의 기준에는 턱없이 부족했다.

지난 반년 동안 나름 추측해 본 결과.

무대를 통해 직접적으로 관심을 받는 편이 빛의 가루가 훨씬 더 많이 모인다.

댓글이 백날 달려 봐야 빛의 가루는 미약하게만 쌓일 뿐이었다.

그러니까, 신서진에게는 지금 무대가 필요하다.

그것도 단기간에 상당한 관심을 끌어올 수 있는 무대.

저편에서 빗자루로 연습실을 쓸고 있는 최성훈이 눈에 들어왔다.

신서진은 최성훈을 넌지시 불렀다. 물어볼 것이 있었다.

"최성훈!"

"어, 왜?"

슥슥.

청소하고 있던 최성훈은 빗자루를 들고선 신서진에게 걸어왔다.

구석에 쪼그려 앉아 자신을 부르는 신서진의 표정이 제법 진지했다.

이유승의 일이 터진 후에 같은 멤버로서 신서진도 고민이 많았을 것.

최성훈은 그 마음을 이해하며 물었다.

"편하게 말해. 무슨 일인데?"

그런데.

"사람들의 관심을 끌려고 하면 어떻게 할까?"

뭐지, 이 관종 발언은?

최성훈은 제 귀를 의심하며 두 눈을 끔뻑였으나.

신서진은 다시 한번 강조하듯 말했다.

"관심이 필요해."

대체 저런 얘기를 왜 저렇게 진지하게 하는 거지?

이제는 나름 적응이 되었다고 생각했는데, 그럼에도 늘 새롭다.

'원래 저랬지.'

최성훈은 떨떠름한 얼굴로 물었다.

"…그게 고민이냐?"

"진지한 고민이야."

최성훈은 이마를 짚으며 고개를 끄덕였다.

바빠 죽겠는데 참으로 생산적인 질문이다.

"관심이 그렇게 받고 싶었어?"

최성훈은 신서진에게 타박을 던지는 대신 건성으로 대답했다.

"연예인들이야 길거리만 나가도 관심을 줄줄이 끌어모으겠지. 근데 우리는 얼굴이 팔린 건 맞지만, 아직 그 정도는 아니잖아."

"그렇지."

"그러면 일단 사람 많은 곳에 가서……."

음.

"홍대 한복판에서 마이크라도 잡든가."

최성훈은 피식 웃으며 말을 던졌다.

당연히 농담으로 한 말이었다.

*   *   *

나른한 오후.

이한나 이사는 주말을 즐기기 위해 홀로 카페에 나와 있었다.

창밖이 시끌시끌한 것을 보면 역시나 주말의 홍대 거리다.

이한나 이사는 창밖을 내다보며 푹신한 초코케이크를 포크로 떠 한입에 밀어 넣었다.

지난주는 이유승의 학교폭력 건으로 SW 엔터 전체가 뒤집히면서 아예 밤을 새우다시피 했다.

폭로 글의 유포자가 전부 한 사람이라는 사실이 밝혀지면서 서서히 여론이 바뀌어 가고 있으나.

폭로자는 여전히 끈질기게도 부정하고 있었다.

내가 글을 여러 개 올린 건 사실이지만 그만큼 억울해서란다.

이유승이 거짓말을 하는 게 아니라면 그놈이 완전히 개자식이던데.

정말 뭘 잘했다고 그런 글을 올려?

'어우, 내가 회사만 안 다녔으면…….'

콱 찾아가서 욕이라도 대신해 주는 건데.

그렇게 생각하며 신경질적으로 아이스아메리카노를 들이켜던 그때.

띠리링—.

테이블 위에 올려 둔 전화기가 진동했다.

고등학교 동창인 친구였다.

이한나 이사는 옆머리를 귀로 넘기며 전화를 받았다.

"응, 무슨 일이야?"

전화를 받자마자 발랄한 목소리가 수화기 너머로 조잘댄다.

주말인데 어디서 뭘 하고 있냐는 간단한 인사치레였다.

—너 또 바빠서 회사에 있지? 아니야?

늘 한결같이 밝은 목소리를 들으며 이한나 이사는 피식 웃었다.

"나? 지금 여기 홍대인데."

─너 홍대야?

허업.

숨을 삼키는 듯한 소리가 들렸다.

─대박. 그러면 그거 봤어?

"뭐?"

잔뜩 상기된 목소리에, 이한나 이사는 휴대전화를 더 가까이 가져다 대었다.

여기 무슨 공연이라도 하나?

고개를 갸웃거리는데, 속사포로 말이 이어졌다.

─아까 별스타에 올라온 거 봤는데, 지금 홍대에서 어떤 연습생 하나가 노래 부르고 있대! 심지어 곧 데뷔하는 애라던데?

"마케팅인가 보네."

데뷔한 중소 그룹 신인들도 홍대에서 자주 버스킹 하는 마당에, 아주 특이한 일도 아니지 않나?

일반인들이야 연예인 비스무리한 사람만 지나가도 난리라지만, 톱스타들을 숱하게 봐 온 이한나 이사는 그저 심드렁할 뿐이었다.

뭐, 별일도 아니네.

그렇게 생각했다.

하지만, 이어지는 말에는 그녀 역시 두 눈을 동그랗게 뜨고 말았다.

─근데 그 연습생이……. 지금 홍대에서 동요를 부르고 있대.

그것도…….

무려, '나비야'란다.

이한나 이사는 저도 모르게 인상을 찌푸렸다.

"무슨 말도 안 되는 소리를 하고 있어."

대체 어떤 회사에서 마케팅으로 홍대에서 동요를 부르게 시켜.

—진짜라니까. 내가 보내 줄 테니까 한번 봐 봐. 나비야 부른다니까. 게다가 잘 불러!

저렇게까지 말하는 걸 보니 진짜인가 본데.

이한나 이사는 당황한 얼굴로 친구가 보내 온 링크에 들어갔다. 별스타그램에는 실시간으로 게시 글이 늘어나는 중이었다.

[여기 지금 홍대 버스킹 길인데 ㅈㄴ 잘생긴 사람이 나비야 부르고 있음

대형 기획사 연습생인 듯 곧 데뷔한대 ㅋㅋㅋㅋㅋ 사진.JPG.]

—어? 이 사람 나 봤는데?

└에스떱 데뷔 연생 아님?

└다음 곡 곰세마리래요

└ㅋㅋㅋㅋㅋㅋㅋㅋㅋㅋㅋㅋ

└에스떱 마케팅이야? 누구 대가리에서 나온 거임?

└선곡이 주옥같네

—와 사람들 지금 여기 다 몰려듬

└노래 어때?

└ㅅㅂ 나비야를 부르는데 노래 실력을 어케 평가함

└ㅋㅋㅋㅋㅋㅋㅋㅋㅋㅋㅋ바이브레이션이 좋네요

ㄴ뻔뻔하게 잘 부르고 있어 보러 올래?

─학폭 건 해결됐나? 벌써부터 특이한 마케팅 시작했네 자숙해
야 하는거 아니냐?

ㄴ그거 유포자가 구라 까는 것 같던데

ㄴ자숙은 무슨 ㅋㅋㅋㅋㅋㅋㅋㅋ

ㄴ불편하면 가서 나비야나 들으세요

─나비야! 나비야! 이리 날아오너라!

ㄴ왜 목소리에서 에스떱 발성이 들리냐?

ㄴ선배 가수들 머릿속에서 싹 스쳐 갔어

ㄴ광기다 진짜

ㄴ에스떱 마케팅 감각 다 떨어졌네

"이게… 무슨……."

이한나 이사는 확 창문을 열었다.

그녀가 있는 곳은 버스킹 거리와 멀리 떨어지지 않은 카페였다.

가만히 앉아 귀를 기울이는데, 익숙한 멜로디가 창밖에서 들
려온다.

왠지 동심을 불러일으키게 만드는 노래였다.

나비야―

나비야―

이리! 날아오너라!

"미친."

이한나 이사는 저도 모르게 욕지거리를 내뱉었다.

누군가 밖에서.

정말 정성스럽게 '나비야'를 부르고 있었으니까.

'이게 왜 진짜야?'

이한나 이사는 노랫소리가 들리는 쪽으로 고개를 내밀었다.

대체 홍대 길바닥에서 동요를 부르고 있는 미친놈이 누구인지 확인하기 위해서였다.

그리고.

저 멀리에 블루투스 마이크를 하나 들고 '나비야'를 열창하고 있는 웬 또라이가 한 명 보였다.

대형 기획사…….

에스떱 데뷔 연생…….

익숙한 얼굴이 그 자리에 있었다.

"…신서진?"

이한나 이사는 그대로 자리를 박차고 일어났다.

*   *   *

선곡과 어울리는 샛노란 옷에, 급하게 구해 온 듯한 블루투스 마이크.

버스킹 현장이라기엔 지나치게 열악한 환경이지만, 홍대 거리는 이미 한 사람을 보기 위한 인파들로 인산인해가 되어 있었다.

"와아아아아아악!"

"나비야! 나비야!"

나비야―
나비야―
호랑나비― 흰나비―

가까이서 들으니 더 골 때린다.

이한나 이사는 지끈거리는 머리를 부여잡으며 한숨을 내쉬었다.

"트레이닝 잘 받았네."

어이가 없는데, 와중에 잘 부른다.

이리 날아오너라아아―

이거 딱 이상진 트레이너한테 배운 발성인데.

이상진 트레이너는 자기가 가르쳐 준 저 발성으로, 동요를 부르고 있는 걸 알고 있을까.

알면 뒷목 잡을 것 같은데.

이한나 이사는 인파를 뚫고 들어가며 다급히 외쳤다.

"잠시만요. 잠시만요!"

신서진을 붙들고 끌고 나올 생각이었는데 사람들에게 막혀 버렸다.

'나비야' 열창이 끝나자마자, 앞자리의 여학생들이 우르르 앞으로 튀어 나갔기 때문이었다.

"꺄아아아!"

"싸인해 주세요!"

"저 너튜브에서 봤어요. 사진 찍어 주시면 안 돼요?"

"네, 찍어 드릴까요?"

저… 저…….

그걸 하란 대로 다 해 주고 있냐?

찰칵—.

찰칵—.

팬 서비스까지 완벽한 신서진을 보면서 이한나 이사는 말문이 막혔다.

한성묵 팀장은 대체 애들 교육을 어떻게 시켜 놓은 거야.

잠시 넋을 놓고 있는 사이에 신청곡까지 받고 있다.

"뭐 불러 드릴까요?"

"곰 세 마리요! 노래 부르시는 거 진짜 귀여워요!"

"숫자송 불러 주시면 안 돼요?"

"꺄아아아악!"

저 또라이가 저기서 뭘 하고 있는 거야!

순간, 정신이 번쩍 들었다.

저 꼬라지를 가만 놔두어서는 안 된다고.

"잠깐!"

인파에 우르르 밀려 결국 앞으로 튀어나온 이한나 이사.

그녀는 신서진의 앞을 막아섰고, 인상을 찌푸린 채 물었다.

신서진은 갑자기 튀어나온 이한나 이사를 보며 놀란 눈으로 얼어붙었다.

"너, 여기서 뭐 하니?"

　　　　*　　　　*　　　　*

툭툭―.

신서진은 야외에선 턱없이 작게 들리는 블루투스 마이크를
정비하기 위해 몇 번 때렸고.

팬 서비스를 위해 사진도 찍어 주었으며.

"곰세마리요!"

"숫자송 불러 주시면 안 돼요?"

그렇게 신청곡도 받았다.

덕분에 빠른 속도로 빛의 가루가 쌓이고 있었다.

역시.

늘 그렇듯 관심은 짜릿하다.

이 정도 속도라면 오늘 모인 가루로도 계획을 실행할 수 있겠
는걸?

뿌듯함에 자꾸만 미소가 새어 나오는 듯하다.

그렇게 모든 것이 만족스러웠던 그때.

사람들 틈에서 밀려 나온 한 사람이 제 앞을 막아 세운 것이다.

어깨까지 찰랑찰랑 오는 긴 머리에, 새빨간 립스틱을 칠한 입술.

예사롭지 않은 눈빛이 자신에게 닿았다.

평범한 인간일 뿐인데 범접할 수 없는 아우라가 느껴진다.

"너, 여기서 뭐 하니?"

신서진은 두 눈을 끔뻑이며 여자를 바라보았다.

어디서 본 얼굴인데.

어디서 봤었지?

"헉."

신서진은 제 입을 틀어막았다.

생각났다.

"이한나… 이사님?"

"너 여기서 뭐 하고 있냐고."

순간, 유민가 당부했던 말이 머릿속을 스쳐 갔다.

'무슨 사고를 칠지는 모르겠는데, 다른 건 몰라도 팀장님한텐 절대로 들키지 마라.'

이한나 이사.

그 팀장님보다 더 무서운 사람.

고로 큰일 났다.

이거 도망가야 하는데…….

"안녕히 계세요!"

"야!"

후다다닥.

신서진은 냅다 줄행랑을 치기 시작했다.

*   *   *

도주는 그리 오래가지 않았다.

당연하지만 붙들려 왔다.

그날 저녁, SW 엔터의 사무실.

소파 건너편에 앉은 이한나 이사가 딱딱한 목소리로 타박을 놓았다.

"결국 잡힐 거면서 왜 도망간 거야."

"잡혀 드린 겁니다……."

신서진은 진심이었지만, 이한나 이사는 기가 막힌다는 듯 헛웃음을 터뜨렸다.

"이 바닥에 내가 모르는 게 없어. 네가 뛰어 봤자 다 잡아 올 수 있다니까?"

하늘로 뛰었으면 못 잡았겠지.

신서진은 속으로 투덜거리면서도 가만히 앉아 있었다.

이한나 이사의 말에 따르면 엄연히 계약 위반이란다.

입이 열 개라도 할 말은 없었다.

"엔터 허락 없이 네가 따로 스케줄을 뛰는 건 안 되고, 버스킹도 당연히 안 돼. 버스킹에서 무슨 일 생기면 그거 다 기록으로 남고 흑역사 되는 거야. 거기서 사고라도 치면? 그날로 이 바닥에서 끝나는 거야. 알아?"

"……."

"처음이니까 봐주는 거야. 너, 사실 그냥 연습생 신분이었으면 바로 회사 짤렸어. 곧 데뷔한다고 회사가 오냐오냐 해 주는 거지. 벌써부터 삐딱선 타서 좋을 거 하나 없다."

신서진은 두 눈을 굴리면서 사무실을 둘러보았다.

사실 이한나 이사가 속사포 랩을 쏟아붓는 동안, 그는 머릿속으로 빛의 가루만 계산하고 있었다.

'음. 확실히 충분해.'

완벽한 계산을 마쳤다.

곧 놈을 만나러 갈 수 있을 듯하다.

신서진은 그런 생각에 잠긴 채 심각한 얼굴로 앉아 있었고.

이한나 이사는 그것을 반성의 뜻으로 받아들였다.

잠깐 동인의 침묵.

사실 아까부터 상당히 혼란스러웠던 이한나 이사는 궁금함을 참지 못하고 물었다.

"그런데, 서진아. 왜… 홍대에서 동요를 부르고 있었어……?"

"네?"

"누가 나비야 부르라고 협박한 거 아니지?"

신서진은 이한나 이사의 말에 두 눈을 굴렸다.

사실 안 듣고 있는 중이다.

"너 동요 좋아하니?"

"……."

"그런 걸로 예능 한번 나가 볼래?"

음.

"신서진."

"신서진……!"

"신서진, 너 내 얘기 듣고 있니?"

아.

휙―.

뒤늦게 정신을 차린 신서진은 이한나 이사를 돌아보며 고개를 끄덕였다.

그녀의 말을 흘려들은 지는 한참 되었으나, 입에 침도 바르고 거짓말이 튀어나왔다.

"그럼요."

그 순간이었다.

창밖에서 흰나비 한 마리가 날개를 펄럭이며 들어왔다.

"어, 나비다……!"

두 눈을 반짝이며 자신을 돌아보는 신서진.

이 새끼, 이거.

하나도 안 듣고 있었구나.

이한나 이사는 진심으로 손에 들고 있던 결재판으로 신서진을 후려갈길 뻔했다.

"아오, 내가 진짜 애만 아니었어도……!"

*　　　　*　　　　*

그로부터 이틀 뒤.

이른 아침부터 신서진은 세모중 뒤편의 빌라촌을 찾았다.

"후우……."

한숨을 크게 내쉬면서, 손에 쥔 휴대전화를 확인했다.

하정호를 찾기 위해 신스타그램의 도움을 조금 받았다.

덕분에, 그리 오래 걸리지는 않았다.

신서진은 씨익 웃으며 휴대전화를 주머니에 밀어 넣었다.

"여기군."

머리부터 발끝까지.

원래의 신서진이라고는 그 누구도 눈치챌 수 없을 만큼 갈아엎은 모습으로.

"후회하게 될 거다."

신서진은 정장을 입은 채 녹색 대문 앞에 섰다.

*   *   *

늦은 밤, 쓰레기를 버리기 위해 집 앞에 나왔던 하정호는 실시간으로 바뀌어 가는 여론을 보며 욕지거리를 내뱉었다.

처음에 게시 글을 올렸을 때만 해도 대중들은 자신의 편이었다.

그런데, 그 사람들이 이제는 제 글에 딴지를 걸고 있었다.

─ㅋㅋㅋㅋㅋㅋㅋㅋㅋ글 내리세요 졸업 앨범 돌려 막기 해 놓고 믿어 달라고? 이유승만 불쌍하네

└분명 같은 학교 다닐·때 자격지심에 쩔어 있다가 잘되는 꼴 보기 싫어서 저러는 거겠지

└왜 이유승은 저격해 놓고 본인 실명은 안 깜? 이제 와서 숨어 버리면 다인가요?

─폭로 글 여러 개 동일 인물로 밝혀진 지가 언제인데 자기 말은 사실이라고 믿어 달래. 그러면 대체 누가 믿어 줌? 신뢰도는 이미 바닥났잖아

└오죽 멤버들이 마음이 타들어 갔으면 홍대 한복판에서 나비야를 부르고 있었겠냐…….

└결론이 왜 그거야?

└갑분 나비야 ㅋㅋㅋㅋㅋㅋㅋㅋㅋㅋ

└생각지도 못했네

─에스떱에서는 입장 전부 밝혔고 학폭 사실 자체가 거짓이래

요! 다들 참고하세요 ㅠㅠ!!

ㄴ응 근데 내용이 너무 상세해~

ㄴ자세하면 다 믿어 줘야해? 폭로자 이미 입 싹 닫고 가만히 있는데?

ㄴ올리는 건 감정에 호소한 글밖에 없고 ㅎㅎ 아니라고 주장하는 동창들도 나왔는데 어느 쪽이 더 신빙성이 높을까? 잘 생각해 보세요

그저 한숨만 나온다.

"시이발. 졸업 앨범 남의 거 빌렸어야 했는데."

가장 큰 패착을 떠올리며, 하정호는 신경질적으로 제 머리를 헝클어뜨렸다.

"다들 뭣도 모르면서."

이유승만 생각하면 속이 뒤집힌다. 가슴 깊숙이서부터 들끓는 감정을 뭐라 설명해야 할지 알 수 없었다.

"재수 없는 새끼."

이유승의 얼굴을 떠올리며 나직이 읊조리던 그 순간.

하정호는 제 앞을 가로막는 그림자에 천천히 고개를 들었다.

"……!"

굉장히 건장한 체격의 남자가 제 앞을 가로막고 있었다. 덩치가 너무 커서 앞이 보이지 않을 정도다.

'부딪힌 건가?'

심지어 인상조차 험악하다. 한 대 맞으면 저기 멀리 날아갈 것 같은 비주얼이랄까. 늦은 밤중에 갑자기 시비가 걸리고 싶지

는 않았기에, 하정호는 군말 없이 옆으로 비켜섰다.

그런데.

툭.

남자가 이번에도 다시 제 앞을 가로막았다.

하정호의 얼굴이 살짝 일그러졌다.

어둠 속에서 서늘한 눈빛이 자신을 노려보고 있었기 때문이었다.

'기분 탓인가? 왜 저렇게 쳐다봐? 내가 뭐 잘못했나?'

하정호는 심장이 오그라드는 듯한 기분을 느끼며 입술을 달싹였다.

그때, 남자가 음산한 목소리로 하정호를 붙들었다.

"나랑 얘기 좀 하지."

아, 잘못 걸렸다.

하정호는 떨리는 목소리로 입을 떼었다.

"누구… 신데요?"

*   *   *

하정호의 집 안.

그는 학교 근처에서 자취를 하는 중이었기에, 혼자 사는 중이었다. 게다가 여기는 친구들도 부모님도 자주 찾는 곳이 아니다.

'도망쳐야 하는데……'

정체 모를 남자를 집 안에 들였다.

하정호는 차라리 저 남자가 돈이라도 뺏어서 달아나길 바랐다.

그런데. 잠시 화장실에 들르겠다는 명분으로 들어와 놓고선, 아무 말도 없이 가만히 앉아만 있었다.

더 무섭다고!

경찰에 신고해야 하나?

하정호가 열심히 눈을 굴리던 순간.

신서진이 담담하게 물었다.

"혼자 살아?"

"…네?"

그냥 궁금해서 물은 질문이었을 뿐이다.

아무리 봐도 여럿이 사는 건 아닌 것 같은 좁은 집구석이라서.

물론 하정호의 귀에는 사뭇 다른 의미로 들렸다.

"친… 친구랑 같이 사는데요?"

저 질문을 한다는 건 나를 묻어 버리겠다는 소리인가?

덜덜덜.

하정호는 눈으로 바닥을 훑었다.

휴대전화가 멀리 떨어져 있지 않았다.

'신고해야 돼.'

하정호는 신서진의 눈치를 살피며 오른손으로 휴대전화를 움켜쥐었다.

여기서는 잘 보이지 않는데.

어떻게든 고개를 돌려 등 뒤에 숨긴 휴대전화로 전화를 걸려던 순간이었다.

'어?'

아까까지 있던 휴대전화가…….

"으어어어억!"

하정호는 기겁하며 뒤로 물러섰고, 신서진은 고개를 갸웃거리며 휴대전화를 들어 보였다.

"이거 찾아?"

흔들―.

마찬가지로 순수한 물음이었지만, 지금의 험악한 인상으로는 누가 들어도 공포스러울 것이었다.

저런.

신서진은 짧게 혀를 차며 하정호를 진정시켰다.

"착한 신이야. 해치지 않아."

물론 네놈이 어떻게 하냐에 따라 나쁜 신이 될 수도 있겠지.

세월이 흐른 만큼 성격이 많이 누그러졌다니깐.

신서진은 뒷말을 목구멍으로 삼키고서, 품 안에 넣어 두었던 종이를 꺼내었다.

하정호의 신상이 담긴 짧은 브리핑을 위해서였다.

오는 길에 뒷조사를 조금 했다.

"이름 하정호. 나이는 18세."

다짜고짜 제 이름을 읊자마자, 하정호의 얼굴이 새하얗게 질렸다.

"조폭이에요……?"

"신이지."

"흥신소, 뭐 그런 건가? 이젠 사람 뒷조사까지 해요?"

놈이 빽빽거리는 동안, 신서진은 태연하게 다음 내용을 입에 올렸다.

"세모중학교, 세모고등학교 출신… 아직 재학 중이군."

그러고는, 하정호에겐 들리지 않을 목소리로 작게 중얼거렸다.

"…학교들 이름이 왜 이래."

어쨌든, 그다음.

종이 뒷장을 넘긴 신서진은 이미 넋이 나간 하정호를 두고 말을 이어 갔다.

"2남 1녀로 태어나서 위에 누나가 있고, 아래에 동생이……."

음.

"둘 다 너보다는 낫다."

보다 못한 하정호가 자리에서 벌떡 일어났다.

이제는 가족의 신상을 입에 올리기까지.

"당신 대체 뭐 하는 인간……!"

홱—.

신서진의 종이를 뺏어 든 하정호는 그걸 찢어 버리려 했으나, 곧바로 신서진의 손에 막혔다.

"으… 으윽……."

뿌리치려고 했는데 미동도 없다.

하정호는 겁에 질린 눈으로 신서진을 노려보았다.

정신 나간 짓거리를 했다고 한들, 아직 열여덟 살짜리 학생에 불과하다.

안색이 창백하게 질려서 입만 뻐끔거리는 꼬라지를 보니 더더욱 알 수 있었다.

정말 뭣도 안 되는 놈이 익명의 힘을 빌려 제멋대로 글을 올렸다는 걸.

"저, 저를 어떻게 아시는 거예요?"

"……."

"저… 저는 빚도 없는데. 잘못한 섯노 없어요. 왜 이러시는지 설명을 해 주셔야 알죠……."

"잘못한 게 없다고?"

신서진은 피식 웃으며 하정호의 휴대전화를 다시 집었다.

분명 비밀번호가 걸려 있을 텐데도 신서진은 아무렇지 않게 번호를 뚫고 들어갔다. 그 모습을 지켜보고 있는 하정호는 얼굴은 더욱 새하얗게 질렸다.

신서진이 화면 위에 자신이 썼던 게시 글을 띄웠기 때문이었다.

"이거 알지?"

하정호는 게시 글을 확인하고선 신서진의 눈치를 살폈다.

"선택해. 이 글 지울지, 아니면 네 손모가지 날아갈지."

신서진은 싱긋 웃으며 하정호의 손목을 들어 보였고, 하정호는 이를 악문 채 신서진을 노려보았다.

한 가지 가능성이 떠올랐기 때문이었다.

애초에 집까지 찾아와서 글 지우라고 협박하는 거면…….

'SW 엔터에서 보낸 사람인가?'

더러운 연예계에서 이런 짓거리도 종종 한다고 듣긴 했었다.

상대가 조폭이라면 간이고 쓸개고 다 내줬어야 했겠지만, 차라리 엔터에서 보낸 사람이라면 최소한 말이 통할 것이다.

"하아……."

아까까지 떨어 대던 하정호는 다시 기세등등해졌다.

오히려 이 협박을 역이용하기 위함이었다.

"SW 엔터에서 온 거지? 이제 사람까지 시켜서 협박하는 거야?"

"신이라니까."

"당신들 잘 생각해. 오늘 찾아온 거까지 기자들한테 뿌려 버릴 테니까! 이러면 내가 무슨 가만히 있을 줄 알……."

참 쉬지 않고 입을 나불대는군.

딱―.

신서진은 한숨을 내쉬며 손가락을 튕겼고.

단말마의 비명이 좁은 원룸 내로 울려 퍼졌다.

"어… 어어어어억!"

마치 부유하는 듯한 느낌.

하정호는 그 이질적인 감각이 착각이 아니라는 사실을 깨달았다.

"뭐야! 뭐야, 이거!"

진짜… 떠 있다.

버둥버둥―.

몸부림을 치던 하정호는 금방이라도 지릴 것 같은 얼굴로 중얼거렸다.

"당… 당신 뭐 하는 인간이야."

"한 세 번째 말했을 텐데. 인간 아니라고."

쾅―.

신서진의 손짓에 하정호는 그대로 바닥에 고꾸라졌고, 비명을 지르며 일어났다.

"허억… 헉."

꿈이라도 꿨나. 저도 모르게 양 볼을 꼬집어 보았으나 아픈 것은 여전했다.

무엇보다 방금 전 허공을 버둥거렸던 그 감각이 너무나 생생해서 꿈은 아닌 것 같았다.

그 순간.

콰콰쾅—.

캄캄한 창밖으로 번개와 함께 천둥이 쳤고, 하정호는 제자리에서 튀어 오르며 비명을 내질렀다.

"으아아아악!"

이건 내가 한 거 아닌데.

'아버지가 도와주시네.'

타이밍이 우연히 맞았을 뿐. 신서진은 벌벌 떨고 있는 하정호를 내려다보며 머리를 긁적였다.

표정을 보아하니 이제야 조금 대화가 통할 것 같다.

신서진은 고개를 까닥이며 녀석의 휴대전화를 건네었다.

"두 번은 기회 주지 않아. 잘 생각해."

"흐읍… 흡……."

"숨도 잘 못 쉬네. 건강이 안 좋나."

"으어어……. 가까이 오지 마세요……!"

의도와는 조금 빗나갔으나, 어찌 되었건 신서진의 계획은 통했다.

사시나무처럼 떨어 대던 하정호가 결국 무릎을 꿇은 채 입을 열었다.

*　　　　*　　　　*

덜덜.

떨리는 목소리가 힘겹게 말을 토해 내었다.

"제가 이유승한테 자격지심이 있었던 건 맞아요. 걔는 집도 잘 살고…… 오디션은 보지도 않았는데 막 제의가 들어오고, 서을예고도 합격하고…… 근데… 그 이유 때문에 이제 와서 글을 올린 건 아니었어요."

"그럼 뭔데?"

"돈… 준다고 그래서……."

하정호는 싹싹 빌면서 휴대전화를 꺼내 들었다. 그러고는 휴대전화로 나눴던 문자 메시지를 신서진에게 보여 주었다.

"어떤 사람이 저한테 연락했었는데, 글만 쓰면 돈을 준다고 해서……. 그러면 그 돈도 받고 이유승도 엿먹이려 했는데……."

쾅─.

신서진이 이를 악문 채 녀석을 노려보자, 하정호는 다시 머리를 조아렸다.

"진… 진짜 잘못했어요! 저 정말 반성해요……!"

반성을 했으면 진작에 했겠지.

험한 말이 입안에서 맴돌았다. 서하린이 이 자리에 있었다면 무슨 말을 했을까.

신서진은 인상을 찌푸리며 나지막이 말을 뱉었다.

"아주 지랄 났네."

"살… 살려 주세요……."

신서진은 신경질적으로 휴대전화를 뺏어 들었다.

발신인 표시 제한. 이제는 아예 상대가 제 번호도 밝히지 않고 연락을 취해 왔다.

"얼굴도 모르고, 번호도 모르고. 아는 거 하나 없는 사람 말 믿고 이런 대형 사고를 치는 너도 참……."

신서진은 한숨을 내쉬며 혀를 찼다.

저렇게 멍청한 놈이 제법 치밀하게 폭로 글을 올렸다는 게 이해가 가지 않았는데, 이제야 납득이 된다.

배후에 다른 놈이 있었군.

툭—.

신서진은 하정호에게 휴대전화를 돌려주었다.

굳이 다른 말을 더하지 않아도 뭘 해야 하는지 알고 있을 것이다.

하정호는 다급한 목소리로 말을 쏟아 내었다.

"지… 지울게요! 해명 글도 올리겠습니다."

"그래, 손모가지는 놔두도록 하지."

어차피 허울뿐인 협박이긴 했다만.

신서진은 황급히 게시 글을 지우는 녀석을 바라보며 넌지시 한마디를 던졌다.

해 줄 만한 별다른 말은 없고.

"오래 살 거야."

"…네?"

"유병장수 할 거라고."

하정호는 두 눈을 끔뻑이며 신서진을 올려다보았다.

"…악담인가요?"

글쎄?

신서진은 어깨를 으쓱이며 덧붙였다.

"내가 하는 말이라 현실이 될 거야."

*　　　　*　　　　*

폭로자, 하정호가 입을 연 것은 그로부터 다음 날이었다.

지금까지 여러 커뮤니티에 올라온 폭로 글이 모두 자신이 올린 내용이며, 자격지심 탓에 벌인 자작극이라는 것까지.

그 뒤로는 동창들의 증언이 이어졌다. 이유승이 교내에서 사고 치고 다니는 것을 한 번도 본 적이 없다고.

솔직히 성격이 여러모로 둥글둥글한 녀석은 아닌 터라 다른 잡음이 또 있을 줄 알았는데…….

"…왜 그런 눈으로 보냐?"

"아, 아니야."

신서진은 이유승의 말에 머리를 긁적이며 자세를 고쳐 앉았다.

어찌 되었건, 잘 해결되어서 다행이다.

모든 폭로 글을 동일 인물이 올린 게 아니냐는 사람들의 추측과, 그 추측이 정말 사실이 되는 것은 다르다.

당사자가 인정했고, 사람들이 믿을 만한 증거를 내밀었으며. 동창들이 말을 보탰으면 되었다.

이제는 이유승의 말을 믿어 주는 사람이, 그렇지 않은 사람들보다 훨씬 많아졌기 때문이었다.

덕분에 SW 엔터에서도 한시름 놓은 분위기였다.

B유닛의 숙소.

이유승은 그간 눌러 놓았던 말을 힘겹게 꺼내었다.

"…힘들었어."

모두가 알고 있다.

일이 급박하게 진행되는 동안, 본인이 직접 그 말을 입에 올리지 않았을 뿐이지.

자신 때문에 데뷔도 전에 그룹이 어그러질지도 모른다는 자책감. 꿈을 보고 달려왔는데 코앞에서 무너질지도 모른다는 걱정까지.

수많은 감정들이 이유승을 휩쓸었던 시간들이었다.

"나는 아무 죄가 없는데, 누구도 믿어 주지 않을까 봐."

대중들은 밝혀진 것들만 믿을 뿐이며, 이유승은 그들 앞에 나서서 항변할 기회가 없었다.

모든 근거가.

사람들의 말들이.

그렇게 끼워 맞춰지면……

자신은 그런 일을 하지 않았음에도 한 것이 되어 버리니까.

그것이 두려웠다.

"근데 너네들은 믿어 줬잖아."

이유승은 피식 웃으며 말을 더했다.

솔직히, 폭로 글이 쏟아지는 와중에. 가장 가까이 있던 사람들이라도 얼마든지 자신을 믿지 않을 수 있었다.

저것이 데뷔하려고 발악하는구나.

회사에게까지 거짓말을 하며 어떻게든 버티려 하는구나.

그렇게 치부해 버릴 수도 있었다.

하지만, 제 앞에 앉아 있는 녀석들은 처음부터 자신을 믿었다.

그건 이 자리에 없는 에이틴 멤버들도, G유닛 전체도. 한성묵 팀장도, SW 엔터도 마찬가지였다.

나를 봤으면 얼마나 봤다고.

믿지 않을 수도 있었을 텐데.

"내가 그러지 않았을 거라 믿어 줘서 고마웠다."

이유승은 이 자리를 빌려 감사 인사를 전했다.

그 말에 담긴 진심을 알기에.

허강민은 그런 이유승의 어깨를 토닥이며 말했다.

"그래, 마음고생했다."

후련하기까지 해 보이는 이유승의 얼굴을 돌아보며, 신서진 역시 심드렁한 표정으로 말을 꺼냈다.

사실 이유승을 믿어 준 건, 그리 큰일이 아니다.

"네가 그럴 인간이 아니라는 건 처음부터 알았으니까, 그래서 너무 당연하게도, 믿어 준 것뿐이야."

"……."

"표정이 왜 그래?"

이유승은 두 눈을 끔뻑이며 고개를 저었다.

"아니야."

"……?"

"왜 같은 말을 해도 무섭지?"

허강민과 분명 같은 방식의 위로였는데……

"네가 그렇게 진지하게 있으니까 너무 무섭잖아."

이건 또 무슨…….

이전이었으면 그 말에 고개를 갸웃거렸을 신서진이지만.

서하린 때문일까.

인세(人世)에 내려온 지 반년.

어느 나라에서든, 가장 먼저 욕부터 배우게 되는 법이다.

신서진은 인상을 찌푸리며 중얼거렸다.

"저건… 편들어 줘도 지랄이야."

*   *   *

짧게 주어진 휴식 시간.

다른 애들이 각자 할 일을 하러 제 방으로 들어갔을 때.

신서진은 창가를 내다보며 생각에 잠겨 있었다.

하정호는 분명 쓰레기 같은 인간이었고, 죽기 전 언젠간 그 벌을 받게 될 것이지만.

이건 그렇게 간단히 해석할 수 있는 문제가 아니었다.

'어떤 남자가 저한테 연락했었는데, 글만 쓰면 돈을 준다고 해서…….'

그렇게 말했었지.

신서진은 하정호의 말을 떠올리며 턱을 쓸어내렸다.

실제로 만나 본 놈은 혼자서 이 모든 일을 계획할 만한 배짱이 없어 보였다. 그러니, 아마 그 얘기는 하정호가 지어낸 것이 아니라 사실일 것이다.

그렇다면 그 배후에 대해 떠올려 볼 수밖에 없다.

자신의 연예계 활동을 방해할 만한 인물이라…….

"남이준?"

신서진은 그 이름을 입에 올리며 생각했다.

"으음, 아니야."

그놈 단독으로 벌일 수 있는 일은 아니다.

그만큼 위험한 녀석이었으면 위험을 감수하고서라도 제거했을 것이다.

그리고 김재원.

정확히는 김재원이 아니라, 녀석을 조종했던 배후.

공통적인 건 셋 다 뒤에 드러나지 않은 누군가가 있다는 점이다.

"같은 사람일 확률이 높은데……."

아직 누구인지는 감이 잡히지 않는다.

신서진은 한참 동안 그 이름을 곱씹다가…….

"신서진! 신서진!"

자신을 부르는 목소리에 고개를 들었다.

벌컥—.

숙소 문을 열고 머리를 빼꼼히 내민 고선재 매니저가 서 있었다.

아, 맞다.

연습 나갈 시간이었지.

"죄송해요, 지금 나갈게요."

신서진은 엉거주춤한 자세로 몸을 일으켰으나.

고선재 매니저가 들고 온 소식은 그보다 훨씬 더 폭탄에 가까운 발언이었다.

지금 연습이 문제가 아니라…….

"너네 타이틀곡 나왔댄다."

"네에에?"

"지금요?"

*   *   *

열 명이 넘게 앉을 수 있는 회의실의 라운드 테이블.

유민하는 조급해 보이는 얼굴로 발을 동동 구르고 있었다.

눈을 열심히 굴리고 있는 건 다른 애들도 마찬가지다.

다른 곡도 아니고 데뷔앨범의 타이틀곡.

그 가이드 음원을 한성묵 팀장이 가지고 온다고 했으니, 긴장할 수밖에 없었다.

유민하는 신서진의 옆구리를 툭툭 쳤다.

"곡 어떨 것 같아?"

"좋겠지."

지극히 태연해 보이는 얼굴.

SW 엔터의 곡을 쭉 들어 본 결과, 어떻게 되었든 곡 하나는 잘 뽑는 기획사라는 생각이 들었다.

신서진은 SW 엔터를 어느 정도는 신뢰했고, 그런 이유로 별다른 걱정을 하지 않았다.

"야, 아무리 그래도 이거 엄청 중요한 거야. 듣는 순간, 귀에 바로 빡! 꽂혀야 한다니깐."

"귀에 꽂히지 않으면 꽂히게 만들면 돼."

"…무슨 수로?"

신서진은 대답 대신 이다영을 스윽 돌아보았다.

"응?"

이다영은 영문을 모르겠다는 얼굴로 제 자신을 가리켰다.

"나?"

"그래, 너. 편곡의 신이 여기 있는걸."

신서진은 대수롭지 않게 덧붙였다가, 잠시 멈칫했다.

"아, 방금 신성모독이었나."

이젠 셀프로 신성모독을 실행하는 중이다. 신서진은 인간들에게 너무 물들고 말았다고 중얼거리면서 시선을 돌렸다.

그때였다.

한성묵 팀장이 상기된 얼굴로 회의실에 들어왔다.

"어, 다들 모였지?"

여기 애들을 부른 이유는 미리 고지했던 대로 타이틀곡을 선정하기 위함이었다.

한시은이 먼저 두 눈을 반짝이며 물었다.

"팀장님, 저희 타이틀 곡 오늘 확정된 거예요?"

한시은의 질문에 팀장은 고개를 저었다. 전달해야 할 사항이 조금 많다.

그는 의자를 손으로 짚은 채 잠시 숨을 고르다가, 속사포로 말을 쏟아내었다.

"타이틀곡 두 개가 나왔거든. 너네 아홉 명 단체곡으로 들어갈 곡인데……. 회사에선 데뷔앨범을 더블 타이틀로 갈 생각은 없어서 너네들의 생각을 들어 보려 가지고 온 거야."

"둘 중 타이틀곡을 선택하면 되는 거예요?"

"그래."

물론 여기서 나온 회의 결과가 최종 결정이 되지는 않는다.

회사에서도 나름의 회의를 할 것이고, 더 높은 사람들의 결정이 있어야 한다.

하지만, 일단. 현재 단계에서는 애들의 의견을 참고하겠다는 소리였다.

타이틀곡을 직접 결정하는 회의라니. 아홉 명의 눈빛이 아까와는 비교도 안 될 정도로 진지해졌다.

"으아… 벌써 떨린다……."

한성묵 팀장은 첫 번째 타이틀곡 후보. 'Fantasia'의 가이드 음원을 틀었다.

그리고.

회의실 전체에 밝은 신시사이저음이 울려 퍼진다.

"오……!"

신나는 베이스의 힙합 댄스곡.

가사가 있었으면 더 좋았겠지만, 이것은 가이드 녹음이다.

명확한 가사가 아니라 음으로 채운 미완성의 곡.

그러나, 그 누구도 신서진에게 가이드 음원이 어떤 것인지 제대로 알려 준 적이 없었다.

안다운과 작업한 곡도 이미 원곡이 존재하는 커버곡이었으며, 그간 녹음해 온 곡들이 전부 그런 종류의 것들이었으므로.

항상 가이드가 명확했는데……

으—으으으음—.

둠칫둠칫.

"······?"

두두두ㅡ.

으에… 에에에… 에에에에!

워우… 워우… 워ㅡ!

"응?"

신서진의 두 눈이 번뜩 뜨였다.

"워어ㅡ어어어ㅡ."

심지어 웬 외계어 같은 해석할 수 없는 가사들도 이어졌는데… 대충 이런 식이었다.

"아쒜ㅡ 또리링ㅡ 빤타지아ㅡ."

이거 맞아?

신서진의 얼굴 표정이 심각해졌다.

SW 엔터를 믿었는데…….

너무 믿었다…….

'어쩌지?'

애들을 돌아보니 다들 흥에 겨워 고개를 까닥이고 있다.

"음ㅡ으음ㅡ."

이유승은 비트가 마음에 든다는 듯 춤까지 추고 있었다.

"또리리ㅡ링ㅡ."

신시사이저는 더욱 경쾌하게 울어 댔다.

잠깐만.

이거 아니야.

이거 절대 안 돼.

"으음, 전 노래 좋은데요?"

"뭐?"

신서진은 미친 소리를 지껄이는 최성훈을 돌아보았다. 한성묵 팀장은 자랑스러워하는 얼굴로 대답했다.

"역시 그렇지?"

"네에!"

그 사이, 첫 번째 곡이 끝나 버렸고.

한성묵 팀장은 짧게 두 번째 타이틀곡 후보에 대해 설명했다.

이번에는 일렉트로닉 팝 느낌이 물씬 나는 몽환적인 노래다.

"이게 두 번째 후보. 조금 더 대중적인 시각에 맞게 분위기를 바꿨다고 보면 돼."

그의 말이 끝나기 무섭게, 두 번째 타이틀곡 가이드 음원이 흘러나왔다.

둠칫. 두둠칫.

신서진은 이제 아예 어지러워졌다.

"으음……."

가이드 음원인 건 알겠다.

아직 미완성인 것도 알겠는데…….

일단… 일단 딱 들었을 때.

신서진의 기준에는 너무 난해한 것이다.

"우어어어―."

그래, 저 노랫말이.

두 노래의 재생이 끝나자마자, 한성묵 팀장은 짝― 손뼉 소리와 함께 애들의 주의를 집중시켰다.

"어땠어?"

그 어느 때보다 적극적인 목소리가 회의실을 메운다. 가장 먼저 손을 든 한시은이 의견을 말했다.

"저는 두 번째가 더 감각적이었던 거 같아요. 그동안 하고 싶었던 분위기의 노래였어요."

유민하는 다른 의견을 냈다.

"1번이 더 대중적이고… 들었을 때 삘도 좋았어요."

"저도 동감해요. 랩이 들어갈 만한 파트가… 아마 맞춰 봐야 알겠지만, 조금 더 자유도가 높게 느껴졌어요."

차형원은 유민하의 말에 공감한다는 듯 말을 얹었다.

반면, 이유승의 의견은 2번이었다.

"전 2번이 더 귀에 맴도는 것 같아요."

"다영이는?"

"저는 1번이요……!"

저마다 의견이 갈린다.

실제로 A&R 팀 회의에서도 반으로 갈렸다고 들었으니, 어느 정도는 예상했던 결과였다.

한성묵 팀장은 고개를 끄덕이면서 애들을 돌아보다가, 한 사람에게 시선을 고정했다.

왜인지 혼란스러워 보이는 눈빛으로 심각하게 앉아 있는 신서진이었다.

"후……."

한숨까지 푹푹 내쉬며 심도 깊은 고민을 하고 있는 신서진.

녀석은 이래저래 참 감이 좋은 편이었다. 이다영을 영입시키자 주장한 것도, 이유승의 학폭 사건의 해결점을 알아낸 것도 신서진이었다.

그 정도면 감이 아니라 판단력이라 해야겠지.

처음에는 우연이리 생각했으나, 그러한 우연들이 겹쳐 가면서.

한성묵 팀장은 신서진을 신뢰하게 되었다.

그러니, 이번에도 그의 의견을 들어 볼 생각이었다.

"신서진, 너는 무슨 곡이 더 좋았지?"

그 말에 침묵을 깨고, 마침내 신서진이 입을 떼었다.

그런데.

예상 밖의 대답이 튀어나왔다.

"둠칫… 과 두둠칫의 차이가 뭔지 모르겠어요."

"푸흡."

신서진의 한마디에, 유민하는 웃음을 참지 못했다. 회의실 내로 킥킥거리는 웃음소리가 들려왔다.

'나는… 나는 진지하단 말이야!'

한성묵 팀장은 아랫입술을 꽉 깨문채 차분하게 되물었다.

"가이드 음원… 처음 들어 보나?"

"하……."

인생… 아니, 신생(神生) 최대의 고민에 봉착했다.

신서진은 지끈거리는 머리를 부여잡으며 말했다.

"다시 한번 들어 볼게요."

Chapter. 5

신서진은 그로부터 가이드 음원을 두 번, 아니, 세 번도 넘게 들었고.

그제야 둠칫과 두둠칫의 차이를 대략 깨달을 수 있었다.

"역시 어려워……."

연습실로 돌아가는 길.

한 시간을 넘게 진행된 회의였지만 결국 타이틀곡은 결정되지 않았다.

때문에 타이틀곡에 대한 대화도 꼬리에 꼬리를 물고 이어졌다.

신서진은 고개를 끄덕이며 말했다.

"나는 1번이 좋았어."

첫 번째 곡은 밝고 청량한 느낌이 주를 이뤘고, 두 번째는 조금 더 세련된 분위기에 가까웠다.

처음에는 반반 갈렸던 거 같은데, 이유승이 마음을 바꾸면서 멤버들 대부분은 1번으로 마음이 변한 듯했다.

신서진은 진지한 얼굴로 덧붙였다.

"음… 데뷔곡으로는 그게 더 어울리는 것 같아."

"맞지? 내가 그랬잖아."

"랩 파트가 귀에 딱 박힌다고."

거기에 차형원과 최성훈의 호들갑이 더해졌다. 곡이 훨씬 더 대중적이고, 밝은 노래라서 데뷔곡에 더 적합할 것 같다.

이것이 세 사람의 의견이었고, 그 말에 수긍하던 이다영은 잠시 고민하다가 입을 뗐다.

1번 곡이었던 〈Fantasia〉.

파워풀한 신시사이저음에 명랑한 비트. 곡의 구성도 이다영이 좋아하는 스타일이다.

벌스와 코러스의 멜로디 리듬이 바뀌면서 변주를 주는 점도 매력적이었다.

여러모로 다채로운 곡.

가이드 음원은 신서진의 말대로 조금 난해하다고 느낄 수 있었겠지만, 직접 녹음을 한다고 가정해 보면…….

아홉 명의 목소리가 적당히 어우러질 만한 피치를 가지고 있고, 파트 분배도 상당히 직관적이다.

유명한 작곡가가 계산적으로 작곡한 노래.

겨우 자신 따위가 이런 말을 해도 되나 싶었지만, 이다영은 솔직하게 말했다.

"근데, 딱 한 가지. 아쉬운 게 있어."

"어떤 건데?"

다행히 애들은 이다영의 말에 두 눈을 반짝인다.

그 눈빛에서 느껴지는 신뢰를, 이다영은 조금씩 느끼고 있는 중이었다.

두 곡 다 SW 엔터에서 뽑은 만큼 좋은 곡들이다.

그만큼 유명한 작곡가들에게 맡겼을 테고. 사실 이대로 타이틀곡을 선정해도 충분히 괜찮겠지만.

성공은 미묘한 디테일이 결정한다.

원래 자기 주장이 확실한 편은 아니지만, 이다영은 이번만큼은 조심스레 의견을 제시했다.

"혹이 조금 짧다고 느꼈어."

"하이라이트?"

연습실에 들어서자마자 이다영은 바닥에 자리를 잡고 앉았다.

서울예고에서 작곡 천재라는 평을 받았던 이다영이다.

실제로 이다영은 천재가 맞다.

아까 가이드 음원을 잠깐 들은 것만으로, 대강의 파트 분배가 머릿속에서 이루어졌으니 말이다.

이다영은 다급히 주머니에 있는 휴대전화를 꺼내었고.

"여기 이 파트 있지?"

노래를 틀다가 특정 파트 앞에서 멈췄다.

"이 파트, 이 곡에서 메인이 될 수 있을 만한 파트잖아."

"어… 나도 이 싸비가 가장 귀에 꽂히더라."

"조금 더 강조해도 좋을 것 같은데, 멜로디 반복을 안 하더라고."

하이라이트보다 더 기억에 남는 파트라고 생각했다.

아예 1절에도 배치해 강조하면 더 좋지 않을까.

"그리고, 싸비도 싸비인데. 도입부 있잖아……."

단순히 문제점만이 아니라, 이다영은 여러 가지 방향성을 제시한다.

평상시의 망설임이라고는 찾아볼 수 없는 목소리였다.

"랩 파트가 도입부부터 바로 들어가는데, 빌드업이 조금 부족하다는 생각이 들어서. 보컬이 도입부를 깔아 주고, 랩이 그 뒤로 탁 치고 나오는 게 낫지 않을까?"

"아……. 북쪽 하늘처럼?"

신서진도 이다영의 말을 진지하게 들으며, 턱을 천천히 쓸어내렸다.

"괜찮다."

역시 편곡의 신.

이번만큼은 신성모독이 아깝지 않다.

신서진은 싱긋 웃으면서 고개를 끄덕였다.

"그거 하면 되겠네."

"어, 그렇지……."

잠깐만.

"으… 으응?"

자신을 빤히 바라보는 시선.

그 시선에서 느껴지는 묘한 장난기.

이다영은 신서진의 말이 무슨 의미였는지 뒤늦게 이해했다.

"네가 해 보라고."

"내… 내내내내내가?"

이다영은 말을 더듬으며 자리에서 튀어 올랐다.

*　　　*　　　*

SW 엔터의 녹음실.

안다운이 쓰는 작업실에 비하면 협소한 데다가 그만큼 장비가 많지도 않다.

작업실의 구색은 갖추었지만 2프로 정도 아쉬운 구석이 있는 공간이랄까.

하지만, 서울예고에서 대여 가능했던 녹음실에 비하면 비교조차 안 될 수준이다.

작곡을 배우고 있는 이다영을 위해 마련된 곳이다.

앞으로 제대로 작곡 활동을 한번 해 보라고 회사에서 빌려주었다.

그래, 여기까지 들어오는 건 허락된 사항이다.

그런데.

지금 하는 행동은 절대 허락된 사항이 아니었다.

이다영은 침을 삼키며 신서진의 눈치를 살폈다.

들어올 때까지만 해도, 여기에 신서진을 끌고 온 것은 이다영이었다.

작업할 만한 공간이 있냐는 말에 괜히 부끄러워하면서 새 작업실로 안내했다.

그러니까, 이건.

들어올 때는 자신 있었는데, 나갈 때 되니까 갑자기 뒷감당이 두려워지는 거지.

이다영은 중얼거리며 말끝을 흐렸다.

떨리는 목소리를 보아하니 적잖이 긴장했다.

"그… 그, 근데 이래도… 될까?"

이다영의 물음에 신서진은 고개를 갸웃거렸다.

"음."

굳이 따지자면 한성묵 팀장이 가장 싫어하는 독단 행동이긴 하지.

심지어.

"아직 작곡가님 허락도 못 받았잖아?"

"그… 그치……."

한동안은 남 눈치 같은 거 보지 않던 이다영이다.

하지만, 오늘은 잔뜩 어깨를 움츠린 채 겁을 집어먹고 있었다.

아무리 생각해도, 이거 사고 치는 게 맞다.

이래서 신서진만 따라다니면… 큰일이 터진다니까.

이다영은 움찔거리다가 다시 물었다.

"괜찮은 거 맞을까?"

"안 괜찮다니까."

뭐 이리 당당해?

이다영은 황당해진 얼굴로 신서진을 돌아보았다.

"그러면 어떡해?"

"……?"

신서진은 고개를 갸웃거리며 마이크를 틀었다.

태연한 데다가 뻔뻔하기까지 한 목소리가 답했다.

"우리가 언제는 말 잘 들었냐?"

자신은 올림포스에 있던 시절에도 그닥 말을 잘 듣는 편은 아니었다.

그것은 수천 년이 지난 지금도 마찬가지다.

일하기 싫다고 인간 세계로 토꼈다.

그에 비하면 이건 사고도 아니다.

이다영의 구상이 맞는 건지 테스트해 보고, 괜찮으면 완성안을 한성묵 팀장에게 가져가 이실직고만 하면 되는, 아주 간단한 문제란 말이야.

결과만 좋으면 됐다.

신서진은 그렇게 생각하고 확신한다.

왜냐하면…….

"네 의견 괜찮았어. 듣는 순간, 그림이 그려지더라고."

1번을 선택한 건 신서진 역시 마찬가지이지만. 아쉬움이 분명히 남아 있었다.

그 미묘한 아쉬움이 이다영의 아이디어를 듣는 순간 채워지는 기분이었다.

"싸비 변경, 도입부 추가. 네 의견은 그거 아니야. 한번 해 보면 되겠네."

"그랬지……."

결코 간단한 작업은 아닐 테지만, 이다영의 감각을 믿는다.

이다영도 같은 생각인지는 모르겠지만.

"근데 말씀은 미리 드려야 하지 않을까……?"

"어차피 우리 독단으로 편곡하겠다고 하면 무조건 미친 사람 취급 받을 거거든? 그러니까, 녹음실 폐쇄당하고 싶지 않으면 지금 샘플곡 만들어 가는 게 낫지."

원래 사고 치기 전에는 저 이제 사고 칠 건뎁쇼! 하고 예고하는 게 아니다.

일단 저지르고 나서 생각하자.

신서진은 생글거리며 폭탄 발언을 던져 놓았고.

이다영은 꾸물거리면서도 그 말에 인정할 수밖에 없었다.

"내 말 맞지?"

"애가… 갈수록… 뻔뻔해지는 것 같아."

역시, 연예계가 이렇게 무섭다.

*　　　*　　　*

똑똑.

한성묵 팀장은 사무실 문을 두드리는 소리에 건성으로 고개를 끄덕였다.

바쁠 시간이다. 사무실을 찾을 만한 사람들도 많고.

사실 한성묵 팀장은 이 대낮에 저 문을 열고 들어온 녀석들이 신서진과 이다영일 줄은 생각지도 못했다.

"안, 안녕하세요."

눈치를 살피며 걸어 들어오는 이다영과, 그 옆에 딱 붙어 있는 신서진.

한성묵 팀장에게는 다른 의미로 환상의 조합.

하지만, 여러 우여곡절을 겪으면서 지금은 악감정이라 할 것이
남아 있지 않았다.

그저, 단순한 호기심이 일 뿐이었다.

연습하느라 애네도 바쁠 시간인데 갑자기 왜 찾아왔지?

한성묵 팀장은 자세를 고쳐 앉으며 물었다.

"무슨 일로 왔어?"

"그… 그것이……."

신서진은 여느 때처럼 한없이 당당한 얼굴이다.

아마 어디서 죽을죄를 짓고 와도 저 표정일 것이다.

그러니, 신서진은 논외로 하겠는데.

어째 이다영의 동공이 불안하게 흔들리는 듯하다.

바들바들—.

이제는 아예 대놓고 떨어 대고 있었다.

이 어색한 공기.

의미심장한 눈빛.

이거… 이거… 뭔가…….

설마!

한성묵 팀장은 인상을 찌푸리며 정색했다.

"너네… 사고 쳤냐?"

"아닌데요."

신서진의 즉각적인 대답이 돌아왔다.

거의 0.1초 만의 반응이었지만, 역시나 믿음직스럽지는 않다.

여전히 시선을 내리깔고 있는 이다영을 보면서, 한성묵 팀장

은 확신했다.

사고 쳤구나.

그것도 아주 거대하게.

아.

갑자기 혈압이 오르기 시작한다.

머리가 지끈거리기까지 해.

"사고 친 거 맞지? 얘들아, 빨리 이실직고해라. 날도 더운데."

시간 끌면 더 스트레스받는단 말이다.

한성묵 팀장은 한숨을 푹푹 내쉬며 이다영을 돌아보았다.

아까부터 우물거리는 작은 입술.

저 입에서 도대체 어떤 폭탄 발언이 나올지 기대하고 있는데.

이다영이 내민 것은 전혀 뜻밖의 물건이었다.

노트북에 꽂을 수 있는 작은 USB.

한성묵 팀장은 이다영이 내민 USB를 받아 들며 고개를 갸우
뚱거렸다.

뭐야, 사고 친 줄 알았더니.

작곡이었어?

"그래, 이게 네 자작곡이야?"

"들어 보시면⋯ 아⋯ 아실 걸요⋯⋯."

이다영이 작곡하는 걸 하루 이틀 보는 것도 아니고.

이번 앨범에서도 자작곡으로 참여하고 싶다는 의사를 밝혀
오긴 했었다. 물론 일정상 어쩔 수 없이 캔슬되었지만 말이다.

한성묵 팀장은 혀를 차며 타박을 던졌다.

"뭐, 대단한 대형 사고라도 쳤는 줄 알았네. 얘들아, 왜 이리

눈치를 봐."

"눈치 안 봤는데요."

"…너 말고."

한성묵 팀장은 사무실의 컴퓨터에 USB를 꽂았다.

"으응, 무슨 곡을 썼는지 좀 볼까?"

긴장을 내려놓고 콧노래까지 흥얼거리고 있는 한성묵 팀장.

그를 돌아보며 이다영은 긴장한 기색으로 침을 삼켰다.

사실 말하려고 했는데 타이밍을 놓쳤다.

그거 타이틀 후보곡을 편곡한 거라고.

허락도 안 받고 쳐 버린 대형 사고라고.

그걸 미처 말하지 못해 곧 죽을 것 같은 얼굴이었다.

하지만, 오래 기다릴 것도 없이.

이윽고 사무실 내로 음악이 울려 퍼졌다.

"응?"

"그… 그그그게… 팀장님……. 있잖아요……."

"……!"

익숙한 멜로디에 한성묵 팀장의 동공이 흔들린다.

멀리 갈 것도 없이 당장 어제, 애들한테 고민해 보라며 들려
줬던 곡.

첫 번째 곡 〈Fantasia〉.

그러니까, 그 곡이 맞는데…….

조금 바뀌었다.

이다영의 손길이 닿았다.

회사의 허락도 받지 않고, 작곡가의 허락도 받지 않고.

일단 내질러 둔 무모한 편곡.

한성묵 팀장은 이게 무슨 짓이냐며 언성을 높이려다가 그대로 얼어붙어 버렸다.

"……."

이다영의 편곡에 신서진의 가이드 녹음이 더해진다.

완벽한 수준의 작사는 아니지만, 급한 대로 노랫말을 붙인 모양이었다.

이제는 아예 지들이 작사까지?

분명 골 때리는 짓거리에다가…….

합의도 없는 단독 행동이 맞는데…….

그런데.

일단 그런 거 다 차치하고.

"노래는… 좋네?"

한성묵 팀장은 말문이 닫히고 말았다.

*   *   *

한성묵 팀장은 굳이 따지자면 FM에 가까운 성격이다.

원리 원칙주의자. 당연하게도 엔터의 시스템은 합당한 절차를 통해 진행되며, 그 과정에서는 적절한 보고가 이루어지는 법이다.

그러니 보고도 절차도 없이, 지들끼리 구상해 온 편곡.

원래대로라면 받아 주지 않는 게 맞았다.

하지만, 한성묵 팀장은 그 정도로 꽉 막힌 인간은 아니었다.

노래가 좋잖아.

노래는… 좋으면 다인 거 아닌가?

자신만 듣기에는 너무 아까운 편곡이었다.

혹시 또 누가 아냐고. 이 곡을 들은 작곡가 양반도 새로운 영감이 생길 수도 있잖아.

그런 이유로, 한성묵 팀장은 이 곡을 회의실까지 끌고 왔다.

A&R 팀은 애초에 앨범의 컨셉을 구상하고, 작곡가를 섭외하며, 녹음 및 믹싱 과정까지 음반이 나오는 모든 과정에 관여하는 인간들이다. 자신보다 곡을 보는 눈이 빠삭한 자들이라는 것은 부정할 수 없는 사실이다.

그러니, SW 엔터의 A&R 팀 회의실.

한성묵 팀장은 잔뜩 긴장한 기색으로 USB를 꺼내 놓았다.

보고를 올렸으니, 이미 오늘 회의 내용을 알고 참석한 직원들이 더 많다.

당연히, 바로 까였다.

"저는 이건 아니라고 봅니다."

A&R 팀 직원의 한마디에 한성묵 팀장은 눈치를 살피기 시작했다.

노래를 이미 들은 신인 개발 팀 직원들이야 한성묵 팀장과 같은 의견이었다.

하지만, A&R 팀의 의견은 완전 정반대였다.

큰 이유는 두 개였다.

우선, 'Fantasia'의 작곡가가 최병철 작곡가라는 것.

그는 SW 엔터의 굵직한 작곡가로서, 회사와 계약된 상태로

20여 년간 곡을 작업해 온 사람이다.

그렇기에 마땅한 프라이드가 있으며, 그것이 근거 없는 자신감도 아니다.

그는 SW 엔터와 함께 수많은 히트곡들을 작업해 온 스타 메이커였다.

나이가 들면서 예전만큼의 감각을 가지지 못했다는 건 부정할 수 없지만, 최근에 낸 곡 중에도 성적이 좋은 것들이 분명 있었다.

명장이 늙는다고 해서 아예 낡아 버리는 것은 아니지 않는가.

그는 실력 좋고, 대단한 작곡가였다.

괜히 심기를 거슬러서 좋을 거 하나 없다는 것이, 작곡가를 직접 대면해야 하는 A&R 팀의 의견이었다.

두 번째 이유는 이다영의 실력에 대한 부분.

작곡 잘하는 천재? 그럴 수 있다.

서울예고에서 나름 유명했던 이름이라면 웬만치 하겠지.

하지만, A&R 팀이 이다영에게 가진 기대치는 딱 그 선까지였다.

나이에 비해 실력 좋은 어린 작곡가 지망생.

작곡과 편곡의 경험도 부족할 터라, 정식으로 작곡가 데뷔를 한 적도 없는.

아직 무명의 지망생.

그런 애한테 무엇을 믿고 타이틀곡을 맡겼냐는 게 질타로 돌아왔다.

'아니……. 맡긴 거 아니라니깐…….'

애들이 알아서 사고 쳐 놓고선.

슥삭. 뚝딱.

우당탕탕.

그렇게 근사한 곡을 만들어 왔다는 소리를 해 봤자 믿을 것 같지는 않았다.

그런고로, 한성묵 팀장은 조금 억울해졌다.

하지만, A&R 팀의 저런 반응은 어느 정도 예상했던 것이었다.

겨우 이 정도에 물러서려고 이 자리에 USB까지 챙겨 온 것이 아니다.

한성묵 팀장은 약장수가 된 심정으로 말을 꺼내놓았다.

"한번 들어 보시면 알 겁니다. 편곡이 생각보다 훨씬 더 수준 높습니다."

"……."

"정말입니다."

한성묵 팀장은 이 상황이 답답했다.

특히, 고집 하나는 어지간히 세서 제 말을 들을 생각도 않는 A&R 팀의 강동수 팀장을 보면 더더욱 그러하였다.

그는 아까부터 인상을 잔뜩 찌푸린 채 한성묵 팀장의 말을 끊어 놓고 있었다.

"데뷔 준비하시면서 함께 지켜봤으니, 대충 어떤 마음이신지는 알겠는데요. 이건 애들 재롱잔치가 아닙니다."

실력 있는 애라고!

나도 몰라봤지만, 진짜 천재였다고!

"데뷔 평가 때 애들 편곡 좋았지만, 솔직히 다 작곡가들 도움

받아서 만든 무대가 아닙니까."

"그리고! 다른 거 다 떠나서! 이거 타이틀곡인데, 무대의 무게 자체가 달라요. 데뷔 평가 때는 박살 나 봤자 내부의 일이니 저희가 수습하면 되는 문제입니다."

"그런데, 일개 연습생의 의견에 갈팡질팡하다가 완성도가 떨어지는 곡을 데뷔곡으로 쓴다? 엔터 역사에 흑역사로 박제되고 싶은 거 아니라면 굳이 그 선택지를 고를 필요가 없죠."

그렇게 말하면서 강동수 팀장은 관자놀이를 꾹꾹 누른다.

"차라리 작곡돌 타이틀 넣고 싶어서 이름 같이 올려 달라는 거면 이해하겠습니다."

"그런 게 아니라⋯⋯."

강동수의 말대로 정말 그렇게 하는 아이돌들이 많다.

사실 작곡과 편곡에 이름을 올리기에는 기여도 자체가 미미한 수준이나, 깔짝깔짝 작곡 배워서 '작곡돌' 타이틀 하나 붙여 보겠다고 달려드는 아이돌들.

회사 입장에는 그게 이미지고 마케팅이다.

A&R 팀은 백번 양보해서 그건 이해하겠다는 것이다.

그러나.

"연습생 곡은 절대 안 써요."

"편곡입니다."

"원곡을 망쳐 놨겠죠."

A&R 팀이 아예 이렇게 이야기조차 원천 차단시켜 버리는 이유는, 역시 작곡가의 눈치를 보기 때문이겠지.

소극적인 강동수 팀장의 태도에 한성묵이 답답해 죽으려던 그때.

회의실 문을 열고 한 남자가 걸어 들어왔다.

방금 전까지만 해도 USB를 손에 움켜쥔 채 열변을 토하고 있던 한성묵 팀장조차 할 말을 잃었다.

"아, 죄송합니다. 늦었습니다."

깐깐해 보이는 인상에 범접할 수 없는 아우라가 느껴진다.

실제로 들은 나이에 비해서는 훨씬 더 정정해 보인다. 몇 년 전에 기사에서 봤던 사진 그대로, 조금도 늙지 않은 얼굴.

SW 엔터의 스타 메이커 최병철 작곡가였다.

"어… 어……. 안녕하십니까."

한성묵 팀장은 최병철 작곡가와 부딪힐 일이 드물었기에, 지나가면서 몇 번 마주친 게 전부였다.

막상 SW 엔터의 전설적인 작곡가를 눈앞에서 마주하자니. 줄곧 하고 있던 얘기가 입밖으로 쉽게 튀어나오지 않는다.

강동수는 입가에 조소를 머금은 채 얼빠진 표정이 된 한성묵 팀장을 바라보았다.

"아까 하시던 얘기 마저 하시죠."

그 말에, 최병철 작곡가가 자신을 돌아본다.

아무 말도 하지 않았지만 괜히 무섭게 느껴지는 눈빛.

"그것이… 말입니다."

한성묵 팀장은 힘겹게 입을 떼었다.

*　　　　*　　　　*

이번 타이틀곡 후보 'Fantasia'의 작곡을 맡았던 최병철.

'Fantasia'는 충분히 좋은 곡이었기에, 이번 단체 9인의 타이틀곡으로 들어가지 않는다면 다른 가수에게 갈 예정인 곡이었다.

A&R 팀에서는 이번 곡도 마음에 든다며 극찬을 보내 왔고.

늘 정상에 서 있던 최병철에게는 그러한 극찬이 너무도 당연한 일이 되어 버렸으나.

솔직하게 말해서, 그는 'Fantasia'가 만족스럽지 않았다.

그의 작곡 경력을 담아 깔끔함과 노련함이 묻어 있는 곡이다.

완성도가 높은 곡이라는 사실엔 부정할 수 없으나…….

끌어들이는 맛이 살짝 부족하다고 해야 하나.

작곡가 본인이 생각해도 아쉬웠던 부분이 분명히 있었다.

하지만, 최병철은 작곡가로서의 프라이드가 상당히 높은 편이었다.

A&R 팀의 호들갑이 괜한 우려가 아니었다는 소리다.

젊었을 때의 그라면 불같이 화냈을 일이었다.

제대로 된 작곡가도 아니고 데뷔도 안 한 건방진 연습생이 편곡을 제시해?

아티스트가 편곡의 방향을 제시하는 건 드문 일이 아니지만, 아예 샘플까지 만들어서 들고 오는 것은 분명 제 권위를 무시하는 짓이라고 길길이 뛰었었겠지만…….

이상하게도 흥미가 돋는 것이다.

'나이를 먹어서 그런가.'

빠릿빠릿하게 머리가 돌아가는 신인 작곡가들.

자꾸만 치고 올라오는 중견 작곡가들.

그들의 틈에 끼어 시달리면서 최병철은 조금씩 깨닫고 있었다.

언제까지고 자신의 시대가 유지될 수는 없으며, 감이 떨어지고 있는 원로 작곡가는 슬슬 은퇴를 할 때가 되었다는 사실을.

그는 여전히 잘나가는 작곡가고, 셀 수 없는 히트곡들을 남기고 있는 중이나.

박수 칠 때 떠나라는 말이 있듯, 'Fantasia'는 사실 그의 은퇴곡이었다.

그러니, 한번 그 의견을 들어 보겠다는 것이다.

은퇴곡이 될 거라면, 최상의 퀄리티로. 만족스럽게 마무리를 짓고 싶으니.

"한번 들어 보죠."

최병철 작곡가의 담담한 한마디에 회의실이 고요해졌다.

원채 딱딱한 목소리라 그런지 단체로 오해한 듯한 얼굴이었다.

'완전 화난 것 같은데?'

'건방지다고 말하고 싶은 거 참고 계신 거 아니야?'

'심기를 거슬러 놨네.'

침묵을 깨고 A&R 팀의 강동수가 괜한 첨언을 해 온다.

"안 들어 보셔도 될 것 같습니다. 제가 들어 봤는데 조금… 아니더라구요. 굳이 들으실 필요조차 없는……."

강동수의 한마디에, 한성묵 팀장은 황당하다는 듯 인상을 찌푸렸다.

'안 들어 봤잖아?'

거짓말이 아주 자연스럽게 흘러나오는 중이다.

다른 A&R 직원들까지도 무슨 짜고 친 것처럼 헛소리를 늘어

놓는다.

"아직 작곡을 배우는 친구라, 높은 퀄리티는 기대 안 하시는

게 좋습니다."

"저도 동일하게 생각……."

이대로라면 들고 온 USB를 노트북에 꽂을 타이밍조차 놓칠

것 같던 순간.

"잠깐만요."

최병철 작곡가가 손을 들어 강동수의 나불거림을 제지시켰다.

그리고는 한성묵 팀장을 돌아보며 말했다.

"한번 들어 보자니까요."

                    *   *   *

고요한 회의실에 신서진의 목소리가 울려 퍼진다.

그의 목소리로 임시 녹음된 가이드 음원.

솔직히 말해서, 한성묵 팀장을 제외하고는 이 자리의 모두가

그 음원을 기대하지 않았다.

괜히 원곡을 이상하게 망가뜨려 놓아 최병철 작곡가의 심기

를 거스를까 봐.

오히려 그쪽에 더 눈치를 보고 있는 상황이었다.

그런데.

자 이제 시작이야
눈부시게 빛나는 Fantasia

원곡에는 없었던 추가된 도입부.

신서진의 보컬이 부드럽게 문을 열고, 곧바로 랩 파트가 이어진다.

A&R 팀 전 직원은 타이틀곡 선정 과정에서 가이드 음원을 수십, 아니, 수백 번 들어 왔다.

그렇기에 단번에 알 수 있었다.

원곡보다 훨씬 더 깔끔한 빌드업.

듣기에 더 편안하며, 음의 배치 자체가 감각적이다.

이다영의 작곡 실력 자체를 완전히 부정하고 있던 강동수 팀장도 마찬가지다.

〈Fantasia〉의 하이라이트.

이 노래의 훅 부분에 손을 댄 것을 느끼고는 두 눈이 동그레진다.

'이걸… 이렇게 풀어냈다고?'

'편곡이 아주 제대로야.'

고작 싸비를 두 번 반복했을 뿐인데, 곡의 리듬이 머릿속에 쏙쏙 박힌다.

중독성이 부족했던 파트의 존재감이 확 치고 올라온다.

원곡보다 훨씬 더, 타이틀곡답다.

가이드 음원을 틀기 전까지만 해도 앞다투어 첨언을 얹던 이

들이 조용해진다.

모두들 머릿속에 같은 생각을 떠올리고 있었다.

'이게 더 좋은데?'

하지만, 최병철 작곡가의 눈치를 살피는 중이라 쉽게 입을 떼지 못하는 중이다.

어떡하지?

솔직하게 말해야 하나?

표정이 너무 심각해 보이는데?

그렇게 강동수 팀장은 침이 마르도록 입술을 달싹이고 있었다.

노래가 끝날 때까지, 모두가 쉽사리 말을 얹지 못한다.

이미 머릿속에는 판단이 끝난 상태다.

이 곡으로 가야 한다.

"······."

그런 그들에게는 감사하게도.

잠자코 앉아 있던 최병철 작곡가가 입을 떼었다.

"방향성 좋네요."

"그… 그그그… 그렇죠?"

강동수 팀장이 기다리고 있었다는 듯 고개를 홱 돌린다.

아까 한 말이 있어서인지 해도 되지 않을 말을 덧붙이면서.

"아아… 아······. 별로인 줄 알았는데 다시 들으니 괜찮네요."

"처음 들으신 거 아닙니까."

"······!"

강동수 팀장은 한성묵 팀장의 돌직구에 인상을 찌푸렸으나,

지금은 최병철 작곡가의 의견이 먼저다.

그는 어색하게 웃으며 최병철 작곡가에게 말을 걸었다.

"괜… 괜찮으시죠?"

이들이 무엇을 걱정하는지 알고 있다.

최병철 작곡가는 태연하게 고개를 끄덕였다.

불쾌하나?

전혀 그렇지 않다.

줄곧 막혔던, 2프로 부족한 자신의 곡에 돌파구를 찾은 기분인데.

어째서 불쾌할 수 있겠는가.

오히려 그의 입가에는 미소가 걸려 있었다.

확신을 얻었다.

최병철 작곡가는 그답지 않게 들뜬 목소리로 말을 더했다.

"이걸로 제가 한번 다시 만들어 보겠습니다."

*　　　　*　　　　*

그로부터 일주일 뒤, 타이틀곡이 확정되었다.

최병철 작곡가의 〈Fantasia〉.

편곡 과정에는 이다영이 적극적으로 참여했고, 신서진은 작사에 제 이름을 올릴 수 있게 되었다.

가이드 음원 당시 급하게 끼워 넣은 가사가 A&R 팀의 마음에 들었던 모양이었다.

데뷔 초부터 실력과 아이돌이라는 타이틀 하나가 더 추가될 예정이었지만, 사실 그런 건 아무래도 상관없었다.

가장 만족스러운 점은 타이틀곡이 마음에 들게 뽑혔다는 것이다.

SW 엔터의 메인 녹음실.

유민하는 가이드 파일 최종본을 들으며 콧노래를 흥얼거리고 있었다.

가장 중요한 레코딩. 심혈을 기울여 가능한 한 모든 파트를 완벽에 가까운 수준으로 맞춰 가고 싶은 욕심이 있었다.

유민하는 골똘이 생각에 잠겼다가.

제 파트를 확인하며 가사지에 무언가 끄적이기도 한다.

"으… 으음……."

어려운 부분은 입을 오물거리며 불러보았다.

유민하는 다시 심각한 얼굴로 가사지에 얼굴을 파묻는다.

오전부터 시작한 녹음이 해가 중천에 떠서도 아직 끝나지 않았다.

"아, 너무 어려워……."

사실 연습실에서 대기하고 있다가 오라는 시간에만 왔어도 되는 것을, 유민하는 기어이 다른 친구들의 디렉팅까지 전부 다 듣겠답시고 아침 일찍부터 와 있었다.

물론 후회 중이었다.

"언제 집 가……."

문을 열고 들어온 신서진은 눈이 퀭한 유민하를 보고선 멈칫했다.

방금 좀비 하나를 목격한 기분이었다.

신서진은 인상을 찌푸리며 소파에 앉았다.

"상태 왜 그래?"

"어제 연습하다가 밤새웠어……. 아침부터 와서 디렉팅 듣고……. 그래서 어느 정도 감을 잡긴 잡았는데……. 아직 잘 안되는 파트가 있어서……."

여러모로 고생을 참 사서 하는 타입이다.

"으응, 힘들겠네."

"특히 이 부분이 막혔는데……."

"어디?"

유민하는 제 가사지에 관심을 보이는 신서진을 보며 두 눈을 반짝였다.

확실히 이런 상황에서 신서진은 훌륭한 돌파구가 되어 주었다.

애가 예상치 못한 부분에서 해결 방향을 제시해 준다고 해야하나.

기대감 가득한 목소리가 신서진을 붙들었다.

"왜? 너도 도와주려고? 나 이 파트가 헷갈……."

"어, 들어가야겠다."

"……!"

아, 타이밍.

오자마자 제 차례가 된 신서진은 자리에서 벌떡 일어났고, 유민하의 말은 그대로 씹히고 말았다.

의도한 건 아닌 것 같지만, 그야말로 냉정하기 짝이 없는 뒷모습이었다.

나, 이거 하나만…….

하고 가사지를 들고 있던 유민하의 손은 허공에서 멈추었다.

"야!"

"신서진!"

쾅—.

그대로 녹음 부스 안에 들어가 버린 신서진.

뒤를 돌아보지도 않았다.

"이… 이… 이걸 그냥 튀어 버려?"

서울예고 시절, 사이가 드럽게 안 좋던 때에도 더없이 당당하게 자신을 찾아왔던 신서진이다. 다짜고짜 보컬을 짚어 달라는 말에 가사지 빼곡해질 때까지 전부 해석해 준 것이 엊그제 같은데.

"자식 키워 봤자 다 쓸데없다더니……."

유민하는 괜히 억울해진 얼굴로 중얼거렸다.

*　　　　　*　　　　　*

한 그룹에 아홉 명.

3분 남짓 되는 곡에 제 파트를 온전히 보여 주기엔 결코 적은 수가 아니며, 파트 분배는 9분의 1로 딱 나눠지지 않는다.

신서진은 그중에서 파트가 꽤 많은 편에 속했다.

그렇기에 녹음해야 할 파트도 아주 많았다.

"서진아, 도입부부터 한번 들어가 볼까?"

"아, 넵."

레코딩은 음을 하나하나씩 쌓아 가는 과정이다.

실제 대중들이 듣는 음악은 그 완성본이지만, 실제로는 뒷배경으로 깔리는 간단한 음들까지도 직접 아티스트가 녹음해야 한다.

이를테면⋯⋯.

"아―아아."

"아―아아아―."

실제 음원에서 들으면 거의 들리지 않을 정도의 작은 화음마저도 말이다.

그리고, 그 디테일이 곡의 완성도를 결정한다.

"좋은데?"

최병철 작곡가는 엄지손가락을 치켜세우며 말했다.

"다음 파트. 방금처럼 한 번 더 갈까?"

"네, 알겠습니다."

처음에는 믹싱의 개념조차 이해하지 못했던 신서진이다.

그런데, 서당개 3년이면 풍월을 읊는다더니. 이다영에게서 어깨너머로 배운 것만으로도 미디 작곡과 믹싱을 어느 정도 섭렵해 버렸다.

신서진은 헤드셋을 내리며 의견을 제시했다.

"아까 화음 쌓았던 거, 이런 식으로 가 보면 어떨까요? 제가 생각했을 때는 여기 민하 화음이 먼저 깔리는데, 저도 화음을 높게 깔면 살짝 충돌하는 느낌이 들어가지고요."

"어떤 식으로?"

"반 키 낮춰서요."

아—아아아—.

신서진이 화음을 깔아 보이자, 녹음 부스 밖에서도 웃음이 터져나왔다.

최병철 작곡가의 기분 좋은 웃음이었다.

자신의 은퇴곡이 될지도 모르는 'Fantasia'를 갓 데뷔하는 신인 그룹이 아니라, 현 SW 엔터의 유명 그룹에게 주고 싶다는 생각을 한 적도 있었다.

인지도 문제 때문도 있었겠지만, 보다 큰 이유는 아무래도 신인들이라 자신이 생각했던 방향대로 레코딩이 나오지 않을까 봐.

그렇게 걱정했던 것이 무색하게도 아주 잘해 주고 있다.

"기가 막힌데, 아주?"

"허어……. 괜찮았는데?"

최병철 작곡가의 옆에 앉은 이상진 트레이너는 놀란 얼굴로 숨을 들이켰다.

원래 저렇게 칭찬에 후한 인간이 아니다.

근데, 오늘 오전부터 지치지도 않는지 칭찬을 쏟아붓고 있었다.

특히 신서진에게는 더더욱 후한 편이었다.

자 이제 시작이야
눈부시게 빛나는 Fantasia

진지한 눈빛으로 이어 가는 녹음.

신서진은 자신 있게 음을 뱉어 내고, 그것을 캐치하는 건 작곡가의 몫이다.

컴퓨터 창은 멤버들이 뱉어 낸 음들로 빼곡히 쌓이고.

마치 테트리스처럼 그것을 조립하며 다음 파트로 넘어간다.

세상이 그냥 하얀 도화지였을 때
나는 선을 그렸어

"선을 그렸어, 한 번 더 해 볼까?"

"네엡."

"어, 방금 부른 거 괜찮다."

"이걸로 갈까요?"

생각보다 길어지는 녹음.

녹음 부스 밖, 신서진의 레코딩을 듣고 있는 건 작곡가만이 아니었다.

유민하는 오랜만에 신서진의 레코딩을 들으면서 인정했다.

화음이라는 화음은 대부분 저 녀석에게 맡긴 이유를.

"확실히 잘하네."

듣기 편안하다.

목소리가 튀지도 않고 깔끔한 데다가, 예전의 특이한 창법은 많이 다듬어진 상태였다.

그럼에도 고유의 음색은 그대로 남아 있어서 선명하게 들린다.

가요도 제대로 몰랐던 시절을 떠올리면 그야말로 비약적인 발전.

"진짜, 많이 컸다. 신서진."

신서진이 들었으면 뒷목 잡았을 소리를 아무렇지 않게 중얼거린 유민하는 실실 웃으며 손을 흔들어 보였다.

흔들흔들―.

녹음에 집중하다가도 이쪽이 보였는지, 나름 대꾸는 해 준다.

저 뚱한 표정을 보면 괜히 웃음이 난다.

그렇게 마지막으로 들어갈 파트까지 녹음이 마무리되고.

신서진은 가볍게 인사를 건네고 걸어 나왔다.

"고생하셨습니다!"

"어, 잘했다."

이제 대기 중이던 유민하에게 바통을 넘길 차례.

그렇게 레코딩이 끝났다.

*   *   *

그 뒤로는 계속해서 바쁜 시간들이 이어졌다.

타이틀곡 외에도 B유닛 수록곡, 에이틴 수록곡까지. 총 세 곡을 녹음하기 위해 삼사 일은 녹음실에 출퇴근을 해야 했고.

화보 촬영은 물론이고 데뷔 후 실릴 인터뷰 촬영까지, 눈코 뜰 새 없이 바쁜 나날들이었다.

그리고, 오늘은.

뮤직비디오를 촬영하기 위해 현장을 찾았다.

"……."

신서진은 손 선풍기를 든 채 멍하니 앉아 있었다.

춤 한 번 추고, 장면 하나 찍고, 돌아오고 나서는 메이크업 수정. 의상 교체까지.

비슷한 짓을 어제부터 무한히 반복하는 중이다.

당연히 지칠 수밖에 없는 스케줄이었다.

팀에서 강철 체력에 속하는 신서진이 넋을 놓은 상태라면, 나머지는 완전히 전멸이다.

"으에에에… 에에에……."

최성훈은 아까부터 선풍기에 입을 댄 채 알 수 없는 괴성을 내지르고 있었다.

"우… 어어어… 어어……. 야, 안 덥냐?"

"더운 건 네가 더 더워 보이는군."

신서진은 인상을 찌푸리며 녀석을 돌아봤다가, 초점을 잃은 눈을 확인하고선 짧게 혀를 찼다.

저런.

애가 맛탱이가 갔네.

그때, 같은 방을 쓰면서 많이 친해진 차형원이 신서진의 옆에 털썩 앉았다. 단독 촬영을 방금 끝내고 와서인지 차형원의 상태는 양호했다.

"으에에……."

그는 최성훈을 돌아보고선 당황한 얼굴로 물었다.

"애들 다 왜 저래?"

"여기 다 한참 전부터 대기하던 애들이라 전부 저렇게 됐어요."

"아……."

유민하의 상태도 크게 다르지는 않다.

이해가 간다는 듯 딱한 시선으로 두 사람을 지켜보던 차형원은 갑자기 생각난 듯 자세를 고쳐 앉았다.

"아, 너네 그거 들었어? 리얼리티 촬영?"

"네에에?"

"…리얼리티요?"

어제 녹음 때문에 아직 리얼리티에 관한 얘기를 전달받지 못한 세 사람. 유민하와 신서진, 최성훈은 동시에 놀란 눈으로 고개를 돌렸다.

잠이 확 달아나게 만드는 소식이었다.

"어제 숙소에서 매니저님이 말씀하고 가셨는데. 우리 다음 주에 리얼리티 촬영 들어간대."

"다음 주요? 바로 다음 주?"

무려 데뷔 자체 컨텐츠.

기다리고 고대하던 리얼리티라니.

최성훈은 선풍기를 저편에 치워 버리고선 다급히 물었다.

"어떤 리얼리티인데요?"

자세한 얘기는 나중에 해 주겠다고 했던 터라 차형원도 거기까지는 모른다.

그저 가볍게 추측해 볼 뿐이었다.

"일단 캠핑이라고는 들었거든? 데뷔 전에 캠핑 가서 소소하게 대화하는 그런……. 그런 느낌의 리얼리티 아닐까?"

"우와아아아아! 재밌겠다. 잔잔한 자컨이네."

"저희 고기 구워 먹어요?"

아니라 다를까 곧바로 먹을 거 얘기로 넘어간다.

마시멜로를 구워 먹니, 고기는 뭘로 사 가니부터 시작해서.

설마 거기서도 식단 관리를 하겠느냐는 말까지 나왔다.

"스읍, 가는 김에 에스떱 기둥을 뽑아야 할 것 같은데?"

"그건 시은 언니가 화낼걸?"

"아… 그런 사연이……."

다들 상기된 목소리로 한마디씩 얹고 있는 상황.

여기 웃지 못하고 있는 사람이 하나 있었다.

"……."

신서진은 두 눈을 굴리며 열심히 애들의 대화를 주워듣고 있었고, 그 모습을 포착한 유민하가 넌지시 물었다.

"너, 캠핑 안 가봤어?"

"으음……."

이실직고하자면 캠핑이 뭔지 모른다.

신서진은 설명해 달라는 듯 최성훈의 옆구리를 쿡쿡 찔렀다.

최성훈은 기겁하며 물었다.

"진짜 모르냐? 캠프파이어 이런 것도 안 해 봤어? 학교 다닐 때 수련회에서 한 번씩은 하지 않아?"

"……."

"그, 모닥불 피워 놓고……! 그런 거 있잖아."

"아!"

바로 이해했다.

신서진은 격하게 고개를 끄덕이며 투덜거렸다.

"거, 그렇게 말하면 될 것을……."

"어쨌든 알지?"

"많이 해 봤지."

실제로도 많이 해 봤다.

나무토막 두 개를 열심히 비벼서 불을 피우는 인간들 틈으로, 신의 권능을 딱 써 주면 그때부터 신도가 우르르 늘었더랬다.

자신의 전성기 시절을 떠올리니 웃음이 절로 나온다.

그다음에는…….

"멧돼지 한 마리 사냥해 와서 구워 먹고."

"바다에 들어가서 물고기 잡아 와 구워 먹고."

"물이 부족하면 코코넛 나무에서 코코넛 따 오는 그거?"

신서진은 두 눈을 반짝이며 최대한 알은체를 했다.

이 정도면 원래 '캠핑'이라는 단어를 알았던 것처럼 자연스럽게 묻어 갈 줄 알았는데…….

일순간, 애들이 모두 조용해졌다.

이 불안한 적막감.

뭐지?

틀린 건가?

신서진은 두 눈을 굴리며 눈치를 살폈다.

"…응?"

"너, 무슨 생존의 법칙 그런 거 찍어?"

"웃자고 하는 소리였지……?"

"야, 표정이 다큐야."

음.

잘못 짚었다.

"아니었던 모양이야."

신서진은 태연하게 머리를 긁적였다.

*　　　　*　　　　*

리얼리티 촬영을 앞둔 연습실.

이제야 데뷔가 실감이 나는 모양인지, 오늘은 다들 유독 들떠 있었다.

저녁 9시까지만 연습하다가 숙소에 들어가서 자고, 아침 일찍 가평으로 출발하는 일정이다.

신서진은 벽에 기대 앉아 최성훈과 유민하가 투닥거리는 것을 지켜보고 있었다.

이번 글램핑의 총무 담당인 두 사람이었다.

"이게 리스트야? 뭘 그렇게 많이 사? 삼겹살이랑 과자 정도만 챙겨 가면 된다니까."

"야, 사람이 아홉 명이야. 네가 말한 걸로는 턱도 없지."

"이건 또 뭔데?"

"마시멜로! 캠핑 가서 구워 먹으려고."

"세상에. 그래서 네가 살찐 거야."

빡!

유민하를 살살 약올리던 최성훈은 그대로 뒤통수를 맞고 앞으로 고꾸라졌다.

"저런."

물론 그런다고 저 나불대는 주둥아리를 막을 수 있을 리가 없다.

"아, 그다음 날에 화보 촬영 있다는데 마시멜로가 목구멍으로 넘어가냐? 팀장님이 아시면 억장이 무너질… 억!"

"아… 아아! 한 입만 줘 그러면!"

신서진은 피식 웃으며 혀를 내둘렀다. 그러고는, 살짝 말을 얹었다.

유민하에게 힘을 실어 주기 위함이었다.

"왜, 맛있겠구만. 그것도 넣어 봐."

"어, 멧돼지도?"

"……."

괜히 끼어들었다.

지난번의 착각 때문에 벌써 몇 번째 놀려 먹는지.

신서진은 이를 꽉 깨문 채 시선을 돌렸다.

역시 저 두 사람에게 약점을 보이는 것은 곤란하다.

"망할."

신서진이 중얼거리는 사이, 최성훈은 다시 시선을 돌려 유민하를 놀려 먹기 시작했다. 역시 반응은 저쪽이 더 재밌었던 모양이다.

곧이어 분노에 가득찬 유민하의 고함 소리가 이어졌다.

"아, 몇 개는 뺄 거야!"

빡!

빡!

"시끄러워!"

우당탕탕.

연습실은 그야말로 개판이 되어 가고 있는 중.

신서진은 몇 걸음 뒤에 앉아 신나는 타격음에 리듬을 탈 뿐이었다.

그때, 주머니 속 휴대전화가 울렸다.

신스타그램의 알람이었다.

요 며칠은 바빠서 들어갈 생각도 못 했는데. 메시지가 상당히 쌓여 있었다.

"또 무슨 일이야?"

원래라면 무시할 생각이었다.

그런데, 쉬지 않고 울려 대길래 떨떠름한 얼굴로 신스타그램에 접속했다.

상단에 떠 있는 디오니소스의 메시지.

그 내용을 확인한 순간.

[아테네를 찾았어.]

"……"

신서진의 입가에서 웃음기가 사라졌다.

*   *   *

평상시보다 조금 이른 시각에 숙소에 도착한 후. 신서진의 머릿속은 마냥 복잡했다.

아까의 메시지 때문이었다.

장장 몇 개월간 행방불명이던 아테네를 찾았다.

그런데, 그다음 말이 어째 더 불안했다.

[살아 있기는 해.]

어떻게 된 일인지, 자세한 얘기는 만나서 들려주겠다고만 하고는 이후에 답이 없다.

어떻게 된 일인지 알아봐야 한다.

직접 찾아오라 했으니 가야겠지.

애들이 일찌감치 잠에 든 뒤에, 신서진은 새벽에 숙소를 빠져나왔다.

혹여 트집 잡힐 일이 있을까 봐 모습까지 바꿔서.

무사히 밖에 나온 신서진은 곧바로 디오니 벨튼의 집으로 향했다.

목이 빠져라 올려다봐야 할 정도로 거대한 대문.

잠깐 한국에 들어왔다더니, 이리도 큰 저택에서 지내고 있었나.

떵동―.

신서진은 디오니 벨튼의 집 앞에서 초인종을 눌렀고, 어쩐지 살짝 핼쑥해 보이는 얼굴의 디오니소스가 피곤한 목소리로 신서진을 맞았다.

"왔어?"

꽤 오랜만에 보는 얼굴이다.

그래 봤자 자신이 살아온 세월에 비하면 찰나의 순간에 불과하지만.

솔직히 이 타이밍에 온 연락이 썩 달갑지는 않았다.

처음에는 힘을 되찾기 위해 시작했던 일이, 지금은 제 삶의 꽤 중요한 부분이 되었기 때문일까.

데뷔 준비가 우선이기에, 시간이 없다.

신서진은 곧바로 본론으로 들어갔다.

"아테네를 찾았다던데."

"응, 그렇게 되었지."

디오니 벨튼은 흐릿하게 웃으며 고개를 끄덕였다.

자세한 얘기를 여기에서 하기엔 애매하다.

집 안으로 들어오라는 손짓에, 신서진은 그를 따라 저택 안으로 들어섰다.

"……"

문지방을 넘자마자, 신서진의 표정이 굳었다.

아테네가 어떻게 된 것인지는 되묻지 않아도 금세 알 수 있었다.

디오니 벨튼의 집에 들어서자마자 보인 거대한 방패.

거기서 느껴지는 미약하지만 분명한 기운을 감지한 신서진이 인상을 찌푸렸다.

방패에서 아테네의 익숙한 기운이 느껴진다.

그말인즉슨.

"봉인되었군."

"맞아."

누가 무얼 어떻게 했는지는 알 수 없지만, 저 방패 속에 아테네를 봉인해 두었다.

'살아 있기는 해.'

신서진은 디오니소스가 왜 그런 말을 했는지 단번에 이해했다.

사실상 저 방패라는 감옥에 갇힌 것이 분명하다.

게다가 저 방패를 찾아냈음에도 불구하고, 디오니소스가 자신을 부른 이유는 하나겠지.

"너도 해제할 수 없었던 모양이야."

디오니소스도 봉인을 풀지 못했다.

대충 눈으로 짐작하건대, 아마 자신도 하지 못할 것이다.

"……."

신서진은 굳은 얼굴로 고민했다.

당장 얼마 전에 제 머리 위에 화분을 날리려 한 미친놈이 있었다.

그 전에는 조명을 떨구려 한 남이준도 있었다.

전부 가벼운 위협으로 넘길 수 있는 문제들이 아니었다.

언제고, 자신도 저 조약한 방패 속에 갇힌 꼬라지가 되어 버릴 수 있다는 소리였다.

"왜? 무슨 계획이라도 있나?"

디오니 벨튼은 알 수 없는 표정으로 신서진을 돌아보았다.

신서진은 담담한 목소리로 대답했다.

"…있지."

최악의 패이기에, 그동안 아껴 두었지만…….

이렇게 된 이상 써먹을 수밖에 없었다.

"아버지를 불러야겠어."

"……?"

아, 일하기 싫어서 집 가출한 건데.

"…관절 쑤신다."

결국 망할 집구석에 다시 들어가야 할 운명이었다.

*　　　　　*　　　　　*

리얼리티 당일 날 아침.

멤버들을 픽업한 고선재 매니저는 널찍한 벤에 아홉 명을 태웠다.

촬영 장소는 가평의 한 글램핑장이었다. 신서진의 옆자리에 앉은 유민하는 카메라를 든 채 열심히 창밖을 비추고 있었다.

"저희가 가는 곳에 계곡도 있고……. 뒤에는 산도 있대요! 공기도 맑고 경치 좋은 곳에 가고 있는 중입니다!"

카메라만 들었다 하면 목소리가 바뀐다. 노래를 부를 때의 명랑하고도 듣기 좋은 목소리.

같이 있을 때는 저런 음색을 들어 보지 못했는데.

연기 참 잘해.

"이야, 너는 배우 해도 되겠다."

"……."

"미안."

최성훈은 괜한 말을 건넸다가, 유민하의 싸늘한 눈초리를 받고는 입을 다물었다.

"아, 편집해야겠다."

아무래도 방금 영상은 못 쓸 것 같다.

유민하는 카메라를 내려놓으며 투덜거렸다.

"야, 내 이미지메이킹 좀 도와 달라고."

"너도 아네. 이미지메이킹인 거…악!"

"됐어, 때려쳐."

팀장님이 가는 길에 영상 몇 개 찍어 달라고는 했었는데, 가서 찍어도 방송 분량은 충분하겠지. 무엇보다 최성훈 저 녀석이 살살 놀려 먹는 것이 열받아.

"어휴, 나는 조금 잘래……."

가야 할 길이 조금 멀다.

아침 일찍부터 나와서 피곤하기도 하고.

유민하는 기지개를 켜며 중얼거리다가, 한 사람에게 시선이 닿았다.

"……."

원래라면 최성훈이 자신을 놀려 먹을 때 괜히 한마디씩 얹었던 신서진이다. 오늘은 왜 이렇게 조용하나 했더니만…….

"신서진?"

"으웅?"

신서진은 아까부터 말없이 창밖을 내다보고 있었다.

가만히 보고 있으면 좀체 무슨 생각을 하는 건지 모를 녀석이긴 하지만, 오늘따라 유독 말이 없다.

최성훈은 뒷자리에서 신서진의 팔꿈치를 툭툭 치면서 말했다.

"야, 여기 멧돼지는 안 나와."

"물고기도 잡는 거 아니야."

"코코넛 없어."

"……."

조용히 앉아 있던 애를 열받게 하는 데에는 충분한 도발.

그럼에도 신서진은 대꾸가 없었다.

"나무는 많겠지……."

그렇게 중얼거릴 뿐.

이유는 모르겠지만, 생각에 잠겨 있는 듯한 얼굴이었다.

*　　　　　*　　　　　*

카메라가 여기저기 설치되어 있는 글램핑장.

SW 엔터에서 글램핑장 전체를 대여했으니, 다른 사람들과 마주칠 염려는 없었다.

촬영 때문에 온 것은 맞지만 왜인지 정말 여행이라도 온 기분이다.

"우와아아아아!"

"대박. 모닥불이다!"

"캠프파이어도 해요, 저희?"

"얘들아, 짐 풀어 놓고 나오자!"

아직 잠이 덜 깬 것 같은 얼굴로 차에서 내린 멤버들은 금세 글램핑장을 뛰어다니기 시작했다.

어려서부터 연습생 생활을 했으니, 이런 글램핑은 아예 처음인 멤버들도 있었다.

한시은은 그중 한 명이었다.

잔뜩 상기된 얼굴로 여기저기 누비고 있었다.

"와… 이거 뭐야?"

대부분의 멤버들이 한 살 어린 후배들인지라, 한시은은 아직

G유닛 외의 남자애들을 어색해했다.

같은 숙소에 사는 것도 아니고, 단체곡 외에는 마주칠 일이 없어서 말할 기회가 별로 없었달까.

"서진아, 서진아!"

그래서, 줄기차게 신서진만 따라다니는 중이다.

신서진이 캠핑이 멧돼지 잡는 거 아니냐고 한 발언을, 유감스럽게도 한시은은 듣지 못했다.

그래서, 능숙하게 글램핑장을 돌아다니는 태연한 얼굴을 보고, 한시은은 신서진이 캠핑 전문가인 줄 착각하고 있었다.

"너, 이런 거 잘해? 불 피우는 거?"

한시은은 모닥불 자리를 보자마자 신서진에게 물었고, 신서진은 당당하게 고개를 끄덕였다.

"그럼요. 잘해요."

"오……. 라이터 가져올까?"

"나무 두 개만 있으면 돼요."

"……?"

한시은은 신서진과 아는 사이지만, 학년 차이 때문에 자주 만나진 못했다.

그렇기에 이상한 놈이라는 건 알았는데.

진짜 이상한 놈이라는 건 모르고 있었다.

"…너 뭐 해?"

한시은은 신서진이 나무 조각 두 개를 가지고 와서 태연하게 비비고 있는 과정을 지켜보면서 입을 떡 벌렸다.

내가 글램핑은 안 해 봤는데…….

처음인 건 맞는데…….

이거 맞아?

뭔가 이상한데?

"아, 오래 걸리겠다. 앉아서 쉬세요."

불 피우는 건 몇 초면 되지만 한시은의 앞에서 대놓고 신의 권능을 쓸 수는 없다. 일단 불을 피우는 제스처를 보여 주고, 살짝 빛의 가루를 뿌리면…….

짜잔.

한시은을 기겁하게 만들 수 있다.

"어어어어어! 너 왜 이렇게 잘해?"

한시은은 신서진이 몇 분 만에 나뭇가지를 비벼서 불을 피워 낸 줄 착각하고 말았다.

"민하야! 민하야! 이거 봐 봐!"

"…네?"

"얘 불 피웠어……. 캠핑 천재인가 봐."

어디서부터 잘못된 걸까.

한시은은 잔뜩 흥분한 목소리로 말을 쏟아 내었다.

"이… 이 실력이면 생존 프로그램이라도 나가야 하는 거 아니야? 서진이 잘할 것 같은데?"

"기본입니다."

"겸손하기까지 해……."

이게 무슨 소리야?

유민하는 혼란스러운 표정으로 걸어왔다가, 활활 타오르는 모닥불 앞에 멈춰 섰다. 매니저님한테 라이터 빌리려고 가는 길이었는데……

불을 피워 놨어?

이게 왜 진짠데.

뭘 어떻게 한 거야!

"이건 또 무슨 기인 같은 짓이야."

또라이 같은 짓만 골라서 하는데, 와중에 잘하는 것이 더 어이없었다.

한시은은 두 눈을 반짝이며 설치된 카메라를 확인했다.

"이거 카메라 담았어요? 섭외 제의 들어올 것 같은데? 야야, 너 무조건 나가야 해. 알았지?"

"넹."

신서진은 고개를 끄덕이며 한시은의 호들갑에 대꾸해 주었다.

한시은은 은근히 후배들 일에는 주책맞은 경향이 있어서, 뭐라도 잘하는 게 보이면 본인이 뿌듯해 죽으려 하는 성격이었다.

그래서, 그만큼 후배들의 질문에도 친절하게 대답해 주는 편이다.

사실 신서진은 아까부터 다른 것에 정신이 팔려 있었다.

"선배."

신서진은 한시은을 돌아보며 물었다.

"여기 코코넛은 없어도 나무는 많죠?"

"어, 저기 뒤에 전부 숲이니까 그렇지?"

나무는 일단 많고.

"취사 금지는 아니죠?"

"응, 대여한 거라 자유라던데?"

양초를 가방 가득 싸 왔는데, 불도 피울 수 있을 것 같고……

신서진은 자리에서 벌떡 일어났다.

손을 뻗어 습도를 체크한다.

충분히 축축하다.

입가에 미소를 띤 신서진이 조용히 중얼거렸다.

"밤에는 비가 오겠네요."

"어, 밤에 비 온대!"

한시은은 신서진의 한마디에 해맑게 대답해 주고 있었지만.

그 모습을 가만히 지켜보고 있던 유민하는 괜히 불안해졌다.

신서진은 이유 없이 헛소리를 하지 않는다.

"왜… 또 사고 칠 거 같지?"

어째 싸한 예감이 들었다.

Chapter. 6

리얼리티라 해도 카메라가 앞에 있는 이상, 순도 100프로의 리얼리티가 될 수는 없는 법이다.

당연히 간단한 대본은 있었다.

대본상 첫 번째 스케줄은 방 배정이다.

신서진은 턱을 쓸어내리며 진지하게 고민했다.

"어디서 자지?"

이런 야외에서는 취침 장소가 상당히 중요하다.

팔팔 뛰어다닐 때에야 들판에서도 잘만 누워 잤지만…….

지금은 그러면 입 돌아간다.

파릇파릇한 젊은 날은 갔다. 신서진은 현실을 직시하며 글램핑장 구석구석을 빠르게 스캔하기 시작했다.

아까부터 옆에서 그림자가 왔다 갔다 한다.

티가 날 정도로 옆에 딱 붙어서 어슬렁거리는 최성훈 때문이었다.

왜 이렇게 붙어 있는지 알 것 같은데…….

신서진은 녀석에게 예의상 물어 주었다.

"방 같이 쓸까?"

"오… 좋지. 같이 쓸래?"

최성훈은 기다렸다는 듯 재빨리 대답하고선, 갑자기 흥분한 듯 앞으로 튀어 나갔다.

"어어… 어! 나 여기!"

손으로 다급히 가리킨 것은 웬 천막이었는데, 반짝반짝한 조명에 요란한 장식들을 달아 놓은 비주얼이었다.

화려한 거. 딱 최성훈이 좋아할 스타일이긴 했다.

최성훈은 뿌듯한 목소리로 덧붙였다.

"우리 여기서 자자. 글램핑은 감성이잖아. 알지?"

"모르겠는데."

신서진은 시선은 이미 그 옆의 카라반에 꽂혀 있었다.

새하얀 내부에 푹신해 보이는 침대.

저렇게 깔끔한 데다가 침대까지 있는 널찍한 카라반을 놔 두고서…….

웬 거적때기 같은 천막을?

음.

신서진은 고민을 마쳤다.

"…방 따로 쓰자."

"야야, 치사하게 그런 게 어딨냐!"

"여기 있지. 땅바닥에서 자면 입 돌아간다."

총총.

신서진은 종종걸음으로 도망치기 시작했다.

"와… 이걸 이렇게 버린다고?"

최성훈은 그런 신서진에게 투덜대며 쫓아가다가 잠시 멈칫했다.

쿵쿵.

"어디서 맛있는 냄새 나는데?"

카라반이 있는 방향에선 마침 군침이 도는 음식 냄새가 퍼지고 있었다.

신서진은 흥미를 가지고 고개를 빼꼼 내밀었다.

대본상 두 번째 스케줄.

유민하와 애들 몇몇이서 점심을 만들어 먹기 시작한 참이었다.

최성훈은 주머니에 손을 꽂아 놓은 채 혀를 내둘렀다.

"와, 다들 열심이네."

유민하는 짐도 아직 내려놓지 않은 채, 햄부터 꺼내고 있었고.

그 옆에선 서하린과 이유승이 보조 중이었다.

신서진에게는 다소 낯선 메뉴다.

신서진은 카라반 벽에 기대어 코를 쿵쿵거렸다.

"뭐 만들려고?"

"김치볶음밥이야!"

목소리가 살짝 하이 톤이 된 것이, 벌써 카메라가 돌아가고 있는 모양이었다.

다들 이전에 볼 수 없었던 열정을 불태우고 있다.

서하린과 유민하는 숙소에서 정확히 어떤 꼴을 하고 있는지 모르겠다만.

이유승만 보면 확실히 알 수 있다.

저… 저저……

숙소에서 뭐 만들어 먹자고 하면 귀찮다며 라면 한 봉지 꺼내는 녀석이…….

세상 진지하게 햄을 썰어 대고 있다.

"하아……. 재밌다."

방금 칼 들었으면서 옷소매로 땀을 훔치는 저 디테일.

놀랍다.

'쟤는 양심도 없나?'

신서진은 동료들의 비즈니스에 순간 넋을 놓고 말았다.

아니나 다를까.

여기 비즈니스에 진심인 사람이 하나 더 있다.

"어어, 나도 도와줄게. 잠시만!"

아까까지만 해도 신서진의 옆에 멀뚱히 서 있던 최성훈은 좁은 부엌을 우당탕탕 비집고 들어가서는 재료들을 뒤적거리기 시작했다.

다들 약속이나 한 듯, 최대한 비효율적인 동선을 유지하면서 신나게 삐걱거리고 있다.

카라반 안에서 허세 가득한 목소리들이 울려 퍼졌다.

"내가 썰게! 하핫!"

"와… 잘하는데? 너, 소질 있다."

"칼 이렇게 쥐는 거 맞냐?"

"응응, 맞아!"

맞긴 뭐가 맞아!

칼 쥐는 법도 모르면 주방에서 나가!

요리가 산으로 가는 중이다.

결국 보다 못한 신서진이 한숨을 쉬며 끼어들었다.

"…비켜 봐."

몇천 년을 연마한 칼 실력.

이럴 때 쓰라고 익숙해진 것은 아니긴 한데.

"그렇게 써는 거 아니야."

저 꼬라지는 못 보겠어서 나섰다.

신서진이 전문 요리사는 아닐지라도, 세 사람을 놀라게 하기에는 충분한 실력이었다.

탁탁탁탁.

도마 위로 칼이 부딪히는 소리에, 최성훈은 입을 떡 벌리고선 신서진을 돌아보았다.

어설프게 썰어 대던 자신과는 비교도 안 될 스피드, 거기에 정확성까지.

한눈에 봐도 칼 써는 모양이 다르다.

탁탁탁탁.

순식간에 햄 한 줄을 썰어 낸 신서진은 별일 아니라는 듯 햄을 한데 모아 담았다.

최성훈은 두 눈은 동그랗게 뜬 채 물었다.

"너, 이런 거 잘해?"

"칼 많이 썰어 봤나 본데?"

이유승도 놀란 얼굴로 첨언을 했고.

'햄 말고 멧돼지도 많이 썰어 봤⋯ 다고 할 수는 없겠지.'

신서진은 솔직한 대답 대신 말을 삼갔다.

아니, 정확히는 말을 이을 수가 없었다.

"응?"

쿵쿵.

옆에서 타는 냄새가 나기 시작했기 때문이었다.

당사자인 유민하는 전혀 눈치채지 못한 얼굴로 태연하게 젓가락을 뒤적거리고 있었지만 말이다.

신서진은 두 눈을 굴리며 고개를 갸웃거렸다.

"어라."

최소한 메인 셰프 노릇을 하고 있는 유민하는 믿을 만한 인간인 줄 알았다.

믿었던 너마저⋯⋯.

어째 이 리얼리티⋯⋯.

리얼한 구석이 하나도 없다.

"이미지메이킹이 너무 심한데."

신서진의 한마디에 유민하가 인상을 찌푸렸다.

"⋯티 나?"

빠른 인정은 좋다만⋯⋯.

"계란프라이가 다 탈 때까지 지켜보고 있으려고?"

"어머."

"어머는 무슨, 아래는 다 탔어."

심지어 식용유도 안 부어서 다 달라붙었다.

신서진은 경악하며 프라이팬을 흔들거렸다.

올림포스에서 요리해 먹는 게 취미가 아닐뿐더러, 조금 더 야생적인 요리만 해 온 신서진에게 당연히 현대 요리는 어색하기 짝이 없었다.

심지어 김치볶음밥?

기본적인 요리는 맞는데, 이름만 들었을 뿐. 먹어 본 적조차 없다.

그런데…….

얘네한테 요리를 맡기고 점심을 기다리느니, 차라리 내가 나서는 게 낫겠다.

신서진은 참담한 현실 앞에서 빠르게 결론 내렸다.

"유민하, 너 레시피 알아?"

"어… 어어. 당연하지! 싹 다 외웠는데?"

"그러면 차례로 불러 봐. 내가 할 테니까."

신서진은 그 말과 함께 옷소매를 걷었다.

*   *   *

난데없이 열린 신서진의 요리 교실.

요리를 글로 배운 유민하의 지도로 본격적인 요리가 시작되었다.

유민하는 못 미더운 눈빛으로 신서진을 바라보았다.

"너… 요리해 본 적 있지?"

"당연하지."

유민하는 요리에 집중하느라 신서진이 칼을 쓰는 걸 보지 못했다.

그동안 신서진이 해 온 짓을 생각해 보면 믿음이 가지 않는 건 사실인데…….

'어차피 나도 못하겠구나.'

유민하는 현실 직시를 제법 잘하는 편이었다.

뭐라도 아니까 직접 나선 거겠지.

이번엔 신서진을 신뢰하기로 마음먹었다.

"처음부터 차근차근 말해 줄게. 잠깐만!"

유민하는 외워 온 그대로 레시피를 종알거리기 시작했다.

"먼저 프라이팬에다가 식용유를 두르고……."

"응."

"식용유가 이건가? 저건가? 어……?"

"그건 참기름이야."

심각하다.

어려서부터 노래만 줄기차게 판 애가 언제 요리를 해 봤겠냐만은…….

역시 프라이팬을 안 맡기길 잘했다고 신서진은 생각했다.

그래도 머리는 좋아서, 주입식 교육에는 제법 소질이 있는 듯했다.

"그다음에, 김치랑 햄 같이 넣고 볶으면 되거든."

"김치 먼저 넣어야지."

"햄 먼저 넣는 거 아니냐? 익는 데 시간이 있잖아, 시간이!"

"와… 천잰데?"

그 옆에서는 서하린과 이유승이 신나게 말을 얹는다.

햄도 제대로 못 썰던 애들이 주둥이는 살아 있다.

이래서 요리가 산으로 갔구나.

"맞지? 신서진, 햄이 먼저라니까."

"아, 그냥 같이 볶아."

"뭐래, 내 말이 맞을걸."

저런.

신서진은 햄과 김치를 같이 볶으며 한숨을 내쉬었다.

"레시피들이 말이 많아."

말 그대로 김치볶음밥이라고 했다.

여기서부터는 대강 감을 잡은 신서진이 애들의 말을 무시하고 선 그냥 혼자서 만들기 시작했다.

어느 정도 햄과 김치를 볶은 다음에 전자레인지에 살짝 돌린 즉석밥을 넣었다.

스윽. 스윽.

적당히 섞어 주면서 다시 볶은 뒤에는 마지막으로 참기름을 두른다.

"와……."

신서진은 콧노래를 흥얼거리며 유민하의 처참한 계란프라이를 치워 낸다.

다 타 버린 계란프라이는 필요 없다.

타조 알로 많이 시연해 봤으니, 조그만 계란쯤은 눈 감고도 프라이로 만들어 먹을 수 있다.

탁.

계란을 깨고선 식용유를 두른 프라이팬에 예쁘게 얹어 준다.

타다다닥.

후라이가 익어 가는 소리에 집중하고 있다가, 어느 정도 익었다 싶을 때 스윽 빼내 준다.

그렇게 딱 반숙 상태로 김치볶음밥에 얹어 주면 완성.

십 분도 안 되는 시간이었다.

"됐지?"

그렇게 김치볶음밥이 만들어졌다.

*　　　　　*　　　　　*

신서진은 요란하게 김치볶음밥 인서트를 따고 있는 스태프들을 지켜보며 짧게 혀를 찼다.

리얼리티라며…….

밥 다 식을 때까지 인서트 따고 있는 거 봐.

"자자, 다들 식사합니다!"

"으아, 배고파……."

어영부영 인서트 촬영이 끝나고 나서야 다들 자리를 잡고 앉았다.

아침부터 지금까지 아무것도 먹질 못했다.

오자마자 짐 풀고 요리하느라 정신이 없었던 탓이었다.

한시은은 배를 문지르면서 종알거렸다.

"나 진짜 배고팠거든. 와……. 근데 이건 뭐야?"

"네?"

아홉 명이 먹을 분량을 만드느라 내리 부엌에서 몸을 구기고 있었던 신서진이 고개를 빼꼼 내밀었다.

설명은 유민하가 대신했다.

"김치볶음밥이요. 이건 삼겹살 조금 구워 본 거고……. 언니, 이거 다 신서진이 했어요."

"…신서진이?"

놀란 것은 차형원도 마찬가지였다.

숙소에서 무언가 제대로 해 먹은 적이 없던 터라, 신서진의 요리 실력을 본 적이 없었다.

허강민은 떨떠름한 얼굴로 킁킁 냄새를 맡았다.

그 모습을 포착한 신서진이 인상을 찌푸렸다.

"다들 나에 대한 신뢰가 부족하군."

"조금 못 미덥긴 해."

"이상한 거 안 넣었지?"

기타를 뒤로 뛰면서 치는 녀석인데, 요리도 백텀블링 하면서 만들었을까 봐 자연히 불안해지는 것이다.

하지만, 그렇게 말하던 세 사람은 첫 숟가락을 입에 넣고는 이내 조용해졌다.

"……."

느닷없이 찾아온 적막.

신서진은 고개를 갸우뚱하며 물었다.

"그렇게 맛없어?"

한시은은 천천히 고개를 저었다.

맛이 없어서 아무 말도 하지 못한 것이 아니다.

촬영을 위해서라도 제대로 된 리액션을 해 줬어야 했는
데…….

마치 몸이 고장 난 것처럼 리액션이 나오지 않았다.

"뭐지?"

김치볶음밥을 살면서 수백 번도 더 먹어 봤을 텐데.

고작 이런 환경에서 만든 것치고는 너무나 훌륭했다.

"와……."

한시은은 믿을 수 없다는 듯 다시 한 숟가락을 떠서 입에 넣
었다.

딱 적당하게 볶아서인지 포슬포슬한 밥알이 입안을 간질였고,
햄과 김치가 조화롭게 어우러져서 맛이 특별히 세지도 않다.

완벽하게 맞춘 간에 살짝 불맛까지 나는 볶음밥이라니.

어디 한식당에 가서 먹었다 해도 전혀 이상하지 않을 맛인데.

이걸… 신서진이 만들었다고?

한시은은 탄성을 터뜨리며 엄지손가락을 치켜들었다.

"의외로… 맛있어."

"의외로는 왜 붙는 걸까요."

"그동안의 네… 이미지?"

그렇게 말한 한시은은 두 눈을 동그랗게 뜬 채 정신없이 먹어
대기 시작했다.

먹는 이 순간에도 안 믿기지만 정말 맛있었다.

스태프들은 리얼리티의 세 번째 스케줄, 캠프파이어를 위해 열심히 카메라를 세팅하고 있었고.

테이프를 가는 동안 잠깐의 휴식 시간이 생겼다.

고선재 매니저는 신서진이 만든 김치볶음밥을 오물거리면서 나직이 탄성을 뱉었다.

한시은이 맛있다길래 예의상 하는 말일 줄 알았는데, 그게 아니었다.

"진짜… 의외로 맛있네."

고선재는 어디선가 공을 주워 와서 발로 통통 튀기고 있는 신서진을 불렀다.

"서진아, 신서진!"

"네?"

"볶음밥 맛있더라."

"조금 더 드려요?"

"아, 아니 그럴 필요는 없고."

신서진이 고개를 갸우뚱거리며 걸어오자 고선재 매니저는 담담하게 입을 뗐다.

오랜 시간 함께하면서 이제는 제법 가까워졌다.

특별히 이유가 있었던 것은 아니고 그냥 불러 봤다.

"확실히 리얼리티가 편하지?"

리필 앤 리필처럼 방송국에서 진행하는 촬영보다야 편하다.

신서진은 그 말에 수긍하며 고개를 끄덕였다.

"대본은? 읽어 봤어?"

"별 내용은 없던데요."

아무리 캠프파이어가 불멍이 컨셉이라지만 아무 말 안 하고 앉아 있을 수는 없다.

"분량은 열심히 뽑아야지. 애들 첫인상 그런 거, 생각해 봤어?"

"네……. 뭐. 처음 봤을 때 어땠는지 말하면 되는 거죠?"

"그렇지. 솔직하게."

솔직한 건 자신 있다.

신서진은 고개를 주억거리며 고선재 매니저의 말에 반응했다.

"아니면 진지한 얘기 같은 거. 너무 억지로 할 필요는 없지만, 생각은 해 봐."

진지한 얘기라…….

잠시 고민하던 신서진은 운을 떼었다.

"제가 진지한 얘기 해도 괜찮을까요?"

신서진의 말에 고선재 매니저의 두 눈이 동그래졌다.

"왜? 안 될 게 뭐가 있어?"

문득, 신서진의 가정환경이 생각났다.

괜히 방송이 어두워질까 봐, 그래서 저렇게 눈치를 살피는 건가.

고선재 매니저는 손사래를 치며 말을 덧붙였다.

"야, 하고 싶으면 하는 거지. 어차피 회사에서 찍는 건데, 아니다 싶으면 편집해 줄 거야. 너무 눈치 보지 말고. 알았지?"

나름 걱정 삼아 해 준 말인 듯싶지만, 와닿지 않는다.

신서진은 턱을 쓸어내리며 다시 고민했다.

음.

오늘 하러 온 짓을 생각하면······.

그 진지한 얘기.

"역시 안 될걸요?"

"그래? 비밀이 많은 친구네."

"그런 편이죠."

신서진의 말에 고선재 매니저는 피식 웃어 보였다.

그러고는 어서 들어가라는 듯 신서진의 등을 툭툭 두드렸다.

*　　　*　　　*

캠프파이어 시간.

신서진은 타오르는 모닥불 앞에 자리를 잡았다.

손이 닿는 곳에 카메라가 있었지만, 뜨거운 온기에 몸이 나른해져서인지. 이제야 다들 슬슬 몸이 풀린 기색이었다.

방송 분량을 뽑아야 한다는 의식은 있지만, 확실히 한결 편안해졌다.

먼저 입을 뗀 것은 최성훈이었다.

"밖에서 나와서 먹으니까, 확실히 뭘 먹든 진짜 맛있더라."

"으··· 으. 그러게. 왠지 이대로 누우면 잘 것 같지 않냐."

이유승과 최성훈은 의자를 뒤로 젖히고선 편안히 두 눈을 감았다.

유민하는 그 모습을 지켜보며 피식 웃음을 터뜨렸다.

"그러다가 자는 거 아니야?"

"에이, 절대 아니지."

"잘 것 같으면 밥 먹어야 한다고 깨워."

그렇게 마주 앉아 도란도란 얘기를 나누기 시작했다.

불을 멍하니 보고 있으면 말이 술술 나온달까.

사람이 아홉 명이나 되니까 얘기가 끊이질 않는다.

연습생 시절에 있던 일부터, 학교에서 월말 평가 준비했던 거. 이번에 데뷔 준비하면서 벌어졌던 여러 해프닝까지. 이야기보따리가 쉼 없이 풀려나왔다.

하지만 모닥불 앞에서는 늘 그러하듯, 진지한 얘기가 오고 가야 하는 법이다.

모닥불에 넣은 감자가 슬슬 익어 갈 때쯤.

가장 먼저 운을 뗀 것은 허강민이었다.

"사실 우리 다 같은 학교 나왔잖아. 다들 서울예고 들어온 것부터 이쪽 길을 생각했던 건데."

"그렇지."

"데뷔를 이제 앞두게 되었으니깐, 어떤 기분이야?"

"그냥… 신기한 기분?"

"맞아."

이유승은 피식 웃어 보였고, 이다영은 그를 따라 고개를 끄덕였다.

한시은도 턱을 괸 채 그들의 대화에 끼어들었다.

"나는 서울예고 오기 전에 연습생을 했었잖아."

서하린 못지 않게 어릴 적부터 연습생 생활을 해 온 한시은이었다.

누군가는 SW 엔터 한태무 대표의 빽으로 데뷔한 거 아니냐고 깎아내리겠지만, 그런 말을 듣지 않기 위해 더 열심히 했던 시간이었다.

이제 와서 그때를 떠올려 보면 그랬다.

"나는 솔직히 데뷔가 되게… 먼 미래? 그렇게 봤었단 말이야."

같이 연습하던 언니들이 SW 엔터에서 선배로 데뷔하는 동안, 한시은은 서울예고로 진학했다.

서울예고에 들어가서 데뷔 클래스까지. 다른 친구들에 비하면 상당히 단시간에 오른 편이었지만 한 번도 설레발을 친 적이 없었다.

그런 것에 설레발을 치기엔, 데뷔하기가 얼마나 힘든 것인지 어렸을 때부터 실감을 했다고 해야 할까.

마냥 남 일 같았던 것이 이제는 제 일이 되었다.

"어느새 눈앞에 딱 온 거지. 아직 믿기지 않아."

"그죠."

최성훈은 한시은의 말에 피식 웃으면서 고개를 끄덕였다.

사실 한시은의 실력이야 여기서 부정할 사람이 아무도 없을 것이다.

강지연의 헛짓에도 당시 유일하게 데뷔 클래스에서 생존했던 사람.

밖에서는 빽이라 씹어 댈지라도, 최소한 여기 있는 아홉 명.

그 어떤 멤버들도 그렇게 생각하지 않을 것이다.

가장 가까이에서 그 노력과 실력을 봐 왔으니까.

그런 선배에 비하면…….

최성훈은 제 실력이 턱없이 부족하다고 생각했다.

모닥불이 바람을 타고 일렁인다.

최성훈은 타들어 가는 불씨를 물끄러미 응시하고 있다가, 입을 떼었다.

"선배 말 듣고 떠오른 건데. 저는 실력에 비해 항상 과분한 운을 타고났다고 생각해 왔거든요."

"에이."

다른 사람들이야 이 말에 고개를 젓겠지만, 적어도 최성훈 자신이 생각하기에는 그랬다.

그런데.

"잘 모르겠어요. 이번에는 진짜… 제 인생에서 가장 열심히 했거든요."

데뷔 평가부터 이번 앨범을 준비하기까지.

제대로 잔 날이 몇이나 될까 싶을 정도로. 최성훈답지 않게 악착같이 노력했다.

"우리 첫 데뷔곡이 잘되든 못되든. 이제 주사위는 던져졌고."

"그냥 최선을 다하는 것밖에 할 수 있는 게 없는 것 같아요."

최성훈의 말에 유민하는 고개를 주억거렸다.

굳이 말을 더하지 않아도, 이미 모두들 같은 생각을 하고 있다.

그렇기에 서로의 마음을 이해할 수 있었다.

에이틴은 물론이고, 함께 팀을 꾸린 지 얼마 되지 않은 멤버들조차 제법 진지한 얘기를 함께 나눌 정도로, 불 앞에서는 벽이 허물어지는 기분이다.

그때.

뒤늦게 대본의 내용이 떠오른 차형원이 손뼉을 쳤다.

"아, 우리 그거 얘기해 보자, 첫인상."

방송 분량 어쩌고 하면서 귀에 대고 종알거리던 고선재 매니저가 떠오른다. 아니나 다를까. 저편에서 삼겹살을 구워 먹다가 고개를 홱 돌리는 것이다.

부담스러울 정도로 반짝거리는 눈빛이 이쪽에 닿았다.

최성훈은 쿡쿡 웃으며 말을 얹었다.

"좋아요. 형부터 하실래요?"

차형원의 한마디에 물꼬가 트이기 시작했다.

"그래, 그럴까?"

첫인상을 한 명씩 얘기하려는데…….

사실 차형원은 처음부터 한 사람밖에 생각나지 않았다.

다른 애들도 하나같이 개성이 넘쳐나는 애들이긴 하지만, 한 명의 임팩트가 워낙 컸달까.

"야, 너네 서진이 처음 봤을때 어땠어?"

"……."

갑자기 불린 제 이름에 신서진의 두 눈이 동그래졌다.

"나?"

첫인상이라고 할 게 있나.

그간 자신의 특별함을 숨기기 위해 얼마나 부던히도 노력했는데.

그 계획이 먹혔을 거라 생각해 온 신서진은 충격적인 발언을 내뱉었다.

"그냥 평범했겠죠."

"평… 범?"

"내가 아는 사이에 평범의 정의가 바뀌었나?"

"네가 평범했다고? 진… 진심이야?"

웅성웅성—.

고요하던 캠프파이어 현장이 갑자기 시끌시끌해졌다.

신서진은 영문을 모르겠다는 듯 고개를 갸웃거렸다.

"…아닌가?"

자기가 무슨 학교에서 네발로 기어다닌 것도 아니고.

날아다닌 것도 아니고.

특별히 사고 친 기억도 없는데.

이 정도면 굉장히 평범했던 거 아닌가?

신서진은 그렇게 생각했으나, 반응을 보아하니 공감해 주는 사람은 없어 보였다.

"또라이였지."

"여러모로 특이한 편이었어, 너."

아, 그랬구나.

"지금도 평범하진 않지……."

차형원은 그렇게 중얼거리다가 신서진에게 물었다.

"너는 어땠는데? 나 처음 봤을때."

"기억이 안 나요."

"…야."

흐릿하게 잊힌 차형원을 뒤로하고, 신서진의 시선이 유민하에게 머물렀다.

이유승은 신서진의 옆구리를 찌르며 물었다.

"그러면 유민하는?"

유민하 첫인상이라…….

아.

"성격 나쁜 애?"

유민하의 표정이 썩어 들어가기 시작했다. 믿을 수 없다는 표정으로 되묻는다.

"…내가?"

"상당히 그런 편이었지."

"와, 지금은?"

"지금도 여전하지."

"야!"

카메라 뒤에서 고선재 매니저가 다급하게 손으로 X자를 치기 시작했다.

그걸 보지 못한 신서진은 최성훈의 물음에 다시 고개를 돌렸다.

최성훈은 낄낄거리면서 서하린을 손으로 가리켰다.

"그럼 서하린은?"

"성격이 더 더러운 애?"

"잠깐만."

보다 못한 고선재 매니저가 앞으로 튀어나왔다.

"편집해 주세요!"

먹던 삼겹살이 잘못 넘어갈 뻔했다.

방금 뭘 들은 거야, 진짜.

"아, 너 회사 자컷이라서 다행인 거야. 어디 가서 그런 소리 하면 불화설 떠."

신서진은 순진한 표정으로 두 눈을 굴리고 있었다.

"얘랑… 저요?"

"그래!"

"원래 사이 안 좋아요."

퍽―.

"야!"

유민하의 등짝 스매싱을 맞은 신서진은 태연한 얼굴로 덧붙였다.

"보다시피 사이 안 좋아요."

"너… 일부러 놀리는 거지."

"보다시피 성격도 안 좋아요."

모닥불을 앞에 둔 진지한 얘기는 그렇게 끝이 나 버렸다.

솔직하라면서.

솔직하게 대답했는데 뭐가 문제냐는 듯 당당한 신서진이다.

고선재 매니저는 빨개진 얼굴로 삐걱거리고 있었고.

유민하는 숨이 넘어가라 웃어 대는 최성훈의 목덜미를 잡아
들어 올렸다.

"너는 그만 좀 웃으라고."

"켁……! 이건 놓고……."

안 되겠다.

고선재 매니저는 다급히 현장을 정리했다.

"고기나 구워 먹자, 얘들아."

일단 저 주둥아리들을 막기 위해서는, 뭐라도 먹어야 했다.

＊　　　　＊　　　　＊

그렇게 캠프파이어에 바비큐 파티까지 끝나고, 이른 밤 다들
잠이 들었다.

아침부터 내리 촬영을 하느라 피곤했던 탓이었다.

거의 머리를 대자마자 곯아떨어졌는데, 그대로 푹 잤으면 좋
았으련만…….

하도 잠을 줄이는 게 습관이 되어서 그런지 중간에 깨 버렸
다.

카라반에서 자고 있던 최성훈은 뒤척이면서 눈을 비볐다.

"얘… 어디 갔지?"

같이 자고 있던 신서진이 보이질 않는다.

최성훈은 잠이 덜 깬 상태로 몸을 일으켰다.

불편한 자세로 잔 탓인지, 뼈마디가 아우성을 내지른다.

최성훈은 가볍게 기지개를 켜고선 중얼거렸다.

"진짜 어디 간 거야……."

그때였다.

몽롱한 정신으로 앉아 있던 최성훈의 귀에 이상한 소리가 들렸다.

서걱서걱.

마치 나무를 자르는 소리가 들린 듯하다.

최성훈은 인상을 찌푸리며 고개를 갸웃거렸다.

"으응… 무슨 소리지?"

촬영 때부터 외부인 출입을 막아 두었다.

누가 이 새벽에 나무를 자를 리가 없는데.

서걱서걱.

나무 자르는 소리가 끊이질 않는다.

아무래도 눈으로 확인해야겠다.

"으… 으으윽……."

최성훈은 삐걱거리는 카라반 문을 열어젖히고선 밖에 나섰다.

엉거주춤한 자세로 비틀거리며 내딛는 걸음.

나무를 자르는 소리가 들렸던 방향이 분명 이쪽이었는데.

카메라도 설치되지 않은 카라반 뒤쪽.

최성훈은 발소리를 죽인 채 뒷마당에 가까이 다가갔고, 괴이한 광경을 목격하고 말았다.

"쟤, 뭐 하는 거야?"

이내, 잠이 확 깨 버렸다.

　　　　　*　　　　*　　　　*

　어딘가 음산한 분위기.

　고요한 새벽, 불이 전부 꺼져 있는 글램핑장은 주변을 슬쩍 둘러보는 것만으로도 심장이 떨리게 했다.

　그런데, 여기서 나무를 자른다고?

　저 많은 장작을 놔두고?

　이상해도 너무 이상했다.

　최성훈은 움찔거리며 자세를 낮추었다.

　"……."

　그때, 어둠 속에서 사람의 실루엣으로 추정되는 무언가가 눈에 들어왔다.

　최성훈은 숨소리를 죽이며 입을 틀어막았다.

　화르륵—.

　양초의 불이 켜지면서, 캄캄한 어둠을 잠시 몰아내었다.

　덕분에 흐릿하던 실루엣도 조금 더 자세히 볼 수 있었다.

　나무토막 위에 양초를 여러 개 올려 놓고, 왜인지 뭐라 중얼거리고 있는 한 사람.

　뒷모습만 봤을 때는 몰랐는데, 순간 고개를 돌린 얼굴을 보고 알았다.

　신서진이다.

　"뭐야?"

　방금 전까지는 완전 호러 영화 속 한 장면이었는데.

　신서진이라는 걸 알고 나니 무섭지는 않다.

더 또라이 같아 보일 뿐이지.

"쟤, 왜 저러고 있어?"

최성훈은 가슴을 쓸어내리며 작게 중얼거렸다.

원래 제정신이 아닌 건 알았는데.

사람 아무도 없는 빈 공터에서 저러고 있으니 진짜 미친놈 같 잖아.

불꽃이 일렁이는 양초를 빤히 바라보면서, 신서진이 어딘가 슬 퍼 보이는 얼굴로 앉아 있다.

도무지 그 이유를 종잡을 수 없는 행동.

카메라가 없어서 망정이지, 저 장면이 찍혔으면 데뷔 전부터 미친놈으로 낙인찍혔을 것이 분명했다.

심지어, 그냥 불멍을 즐기고 있는 것도 아니다.

아까보니 뭐라 뭐라 중얼거리던데.

대체 뭐라는 거야.

최성훈은 인상을 찌푸리며 신서진의 말에 귀를 기울였다.

그때.

"아버지……."

아버지?

그중 한 단어를 골라 들은 최성훈의 두 눈이 동그래졌다.

"아버지……."

분명, 아버지라고 했는데?

그러고 보니 일렬로 놓여 있던 저 초도 그렇고.

유독 슬퍼 보이는 얼굴도 그렇고.

마치 제사를 지내는 듯한 모양새에 최성훈은 심각해졌다.

자세히 뜯어 보니 마냥 미친놈 같아 보이지는 않았다.

진지해 보이는 얼굴에 공손한 자세까지.

설마.

촬영 때부터 바빠서 아버지 제삿날도 챙기지 못한 걸까.

"마음이 좀 그러네……."

늘상 해맑은 애의 어둠을 본 기분이다.

그런 사정이라면, 더 지켜보는 것도 예의는 아니겠지.

"…들어가야겠다."

최성훈은 씁쓸한 미소를 지으며 고개를 떨구었다.

*   *   *

제사라…….

얼핏 보기에는 비슷하긴 한데, 실제로 신서진이 기다리고 있던 것은 신탁이었다.

제우스의 대답을 기다리는 것.

사실 진작에 쓸 수 있었던 패였다.

길거리에서 굶어 죽는 한이 있어도 쓰고 싶지 않았을 뿐이지.

몇천 년을 굴렀으면 이제는 조금 쉬고 싶다. 그러한 이유로 올림포스를 박차고 나갔으니, 적어도 당분간은 돌아갈 일이 없을 것이라 생각했다.

제우스에게 기댈 거라면 미켈이 시키는 대로 한국에 내려오지도 않았을 거고, 서울예고 입학도 하지 않았을 것이다.

하지만, 상황이 갈수록 심각해지고 있다.

신이 습격받았다.

단순 미수에서 그친 것이 아니라, 아테나는 결국 방패 속에 봉인당했다.

혹시나 자신도 그 꼴이 되지 않기 위해서라도 아테나의 봉인을 풀고, 어떻게 된 일인지 정보를 캐내야 했다.

여기서 더 버티면서 올림포스와 등을 돌리는 것도 쓸모없는 고집에 불과하다.

그런고로, 제우스의 신탁을 기다리게 된 것이다.

늦은 새벽, 카메라가 없는 글램핑장의 뒷공터로 몰래 나와 자리를 잡았다.

준비해 둔 양초를 나무토막 위에 가지런히 올려놓은 뒤.

화르륵―.

양초에 불을 붙인다.

신의 뜻을 듣기엔 너무도 조악한 제단이지만, 뜻이 있다면 답해 줄 것이다.

이로써 준비는 끝났다.

신서진은 애써 태연하게 타오르는 불길을 가만히 응시하고 있었으나, 입안이 바싹바싹 말라 오는 것은 어쩔 수 없다.

과연 응답해 줄 것인가?

사실 그조차 확답할 수 없는 상황이다.

'내가 싸가지 없이 나온 건 맞는데…….'

몇천 살이나 먹어 놓곤 난데없이 '나 집 나가!'를 시전하였다.

아마 그 짓을 한 게 자신이 아니었다면, 진작에 천벌을 받았을지도 모른다.

만약 그 일로 아버지가 대단히 삔또가 나간 상태라면, 제 부름에 대답해 주지 않을 수도 있었다.

그래도 일단 불러는 봐야지.

세상에 공짜는 없다고, 반드시 그 대가를 치르겠지만.

지금은 대가를 치르고서라도 제우스의 힘을 빌려야 하는 상황이었다.

신서진은 간절한 마음을 담아 하늘을 올려다보았다.

"아버지……."

타다닥.

양초가 타들어 가는 소리와 동시에.

간절한 외침이 고요한 밤공기를 때린다.

"아버지, 도와주셔야 할 것 같습니다."

아테나의 봉인을 해제해야 한다고.

어떠한 위험이 더 있을지 모르니 방비해야 한다고.

혹여 누가 깰까 봐, 신서진은 작은 목소리로 웅얼거렸다.

"다시는 말없이 집을 나가지 않겠습니다……."

그래도 제 뜻대로 살기야 하겠지만, 머지않아 올림포스에 복귀하겠다는 뜻도 밝힌다.

최대한 공손하게.

심기를 거스르지 않도록 최선을 다했다.

"제발… 이번 한 번만……. 도와주시길 바랍니다."

이 정도의 간청이라면 아마 지금쯤 하늘에도 닿았을 테지.

그렇게 십여 분.

제우스의 대답을 기다리던 신서진은 흙을 털며 자리에서 일어섰다.

"역시 대답이 없네."

그동안 말 한마디 없이 집구석을 나가 놓고서 이제 와 도움을 요청한 건 무리수였나.

그렇게 생각하며, 포기하고 나가려던 그때.

"……!"

우─우웅─.

은은한 빛이 구름 사이로 반짝이다가.

툭.

금빛의 두루마리가 하늘 위에서 떨어졌다.

신서진의 두 눈이 번뜩 뜨였다.

제 부름에 대한 대답이었다.

"이리 쉽게 들어주실 줄은 몰랐는데……."

신서진은 침을 삼키며 그것을 움켜쥐었다. 신의 권능이 서려 있는 소중한 두루마리.

그 안에 느껴지는 제우스의 기운으로 보아, 제 간청을 들어주었음은 분명하다.

신서진은 두루마리를 천천히 펼쳤다.

"……."

난해한 문자들과 문양들이 새겨져 있는 새하얀 종이.

별다른 설명이 적혀 있지 않았으나 단번에 알 수 있었다.

"봉인 해제 주문서……?"

아테나의 봉인을 풀길 바랐으니, 제우스가 선물한 것은 그 봉인을 해제할 수 있는 주문서였다. 어느 정도 기대하긴 했지만, 이렇게 직접적인 해결책을 줄 거라고는 생각하지 못했다.

신서진은 놀란 눈을 끔뻑이며 나직이 중얼거렸다.

"웬일이래."

신인 자신도 풀지 못하였던 봉인이다.

그것을 풀 수 있을 만한 주문서라면, 분명 상당히 구하기 힘들었을 터였다.

원래 이런 걸 쉽게 줄 양반이 아닌데.

일언반구 없이 올림포스에서 튀었다.

—이런 걸 맨입으로?

라면서 조건 따닥따닥 붙여 소원을 들어줄 줄 알았건만.

의외로 흔쾌하게 부탁을 들어줘서 당황했다.

아니면 아테나의 이야기를 듣고 심각한 상황이라 판단한 걸지도.

제우스의 힘을 빌리는 것을 대가로 또 올림포스의 배달맨이 되어 개고생을 할 줄 알았는데, 어찌 되었건 다행이다.

"생각보다 훨씬 잘 풀렸는걸?"

신서진은 콧노래를 흥얼거리며 기뻐하다가 멈칫했다.

별생각 없이 두루마리의 뒷장을 넘겼을 뿐이었다.

그 뒤에 적혀 있는 글귀를 확인한 신서진의 얼굴이 굳었다.

"내가… 뭘 본 거지?"

그래, 대가가 없을 리 없지…….

근데, 그 대가가…….

제 눈을 의심할 만한 부탁.

[올 때 메로나]

"이… 이이이……."
이게 가출한 자식에게 할 소리인가?

*   *   *

다음 날 아침, 최성훈은 턱을 괸 채 의자에 앉아 졸고 있었
다.
어제 새벽에 잠이 깬 탓에 제대로 자지 못하고 밤새 설쳤다.
거기에 더해 그때 주워 들은 얘기가 뇌리에서 맴돌았다.
'아버지……'
가정환경을 모르고 있던 것도 아니고.
신서진의 개인 사정을 알고 있으니, 괜히 더 신경이 쓰이는 것
이다.
스케줄이 아무리 바쁘다고 해도 아버지 제사는 챙겨 줘야 하
지 않나.
고선재 매니저에게 슬쩍 일러 줘야 하는 부분인지, 아니면 괜
한 오지랖인 건지.
아침까지 결론이 나지 않아 답답하기만 했다.
"이걸 어쩌지……."
그렇게 혼자 심각하게 고민하고 있던 순간이었다.

"어, 얘들아."

슬쩍 다가온 고선재 매니저가 옹기종기 모여 있는 애들 옆에 앉았다.

살짝 심각해 보이는 얼굴이다.

"네?"

최성훈은 고선재 매니저의 표정을 보고 자리를 돌려 앉았다.

그때, 그의 입에서 튀어나온 말은 전혀 뜻밖이었다.

"너네 오늘이 서진이 생일인 거 알고 있었어?"

신서진 생일?

"네에에에?"

"진짜요?"

"얘들아, 쉿."

유민하는 놀란 나머지 손에 들고 있던 고구마를 떨어뜨리고 말았다.

고선재 매니저는 다급히 검지손가락을 입에 가져다 대며 애들을 진정시켰다.

얼마나 놀란 건지 이다영의 두 눈이 동그래졌다.

친하게 지낸 것이 벌써 반년이 넘었는데, 신서진은 한 번도 제 생일을 입에 올린 적이 없었다.

그래서, 고선재 매니저조차 원래라면 모르고 있었는데.

계약서상에 생일이 있으니 회사에서 연락이 온 것이었다.

아직 데뷔하기 전이라 공식으로 챙기기는 애매해도, 촬영 현장에서는 챙겨야 하지 않겠냐고.

겸사겸사 그 장면을 리얼리티에도 담자는 것이 회사의 계획인 모양이었다.

어찌 되었건, 최성훈은 처음 듣는 소리였다.

"신서진… 생일이었다고요?"

"말 한마디 없었지?"

"걔 원래 의외로 자기 얘기는 잘 안 하잖아."

"아니, 그래도 생일이면 생일이라고 해야지……."

헛소리를 줄줄 늘어놓는 거 보면 입이 무거워 보이지는 않는데. 생각해 보니 그 흔한 생일조차도 자신들에게 일러 준 적이 없었다.

문득, 어제의 기억이 머릿속을 스쳐 지나갔다.

최성훈은 입을 떡 벌리고선 탄식을 터뜨렸다.

"아, 그래서 어젯밤에……."

아버지 제삿날이 아니라, 당장 내일이 제 생일이라서.

그래서 밤에 초를 켜고 그렇게 쓸쓸히 앉아 있었던 건가.

이렇게 생각해 보니 딱딱 맞아떨어지는 것이다.

"왜? 너 알고 있었어?"

"아, 아니."

"무슨 일인데? 알고 있던 표정이구만."

최성훈이 말끝을 흐리자, 유민하는 무슨 일이냐는 듯 그를 추궁했다.

"아니, 알고 있었던 건 아니고. 어젯밤에 내가 뭘 좀 봤는데……."

이 상황에서까지 숨기는 건 아닌 것 같았다.

잠시 고민하던 최성훈은 목소리를 낮추고선 어제 있었던 일을 설명했다.

맨날 연습하면서 쉬지도 않고 붙어 있었다.

그렇기에 신서진의 성격을 잘 알고 있다.

워낙에 감정 동요가 없는 녀석이다.

제 힘든 거 티 안 내고 혼자 삭이는 타입인데, 그런 애가 그렇게까지 할 정도면 상당히 힘들었던 거겠지.

유민하는 걱정스러운 목소리로 말을 얹었다.

"아무래도 요새 가족 생각이 많이 나는 것 같긴 해."

어렸을 때부터 기숙사 생활을 했던 자신조차 그러한데, 신서진은 얼마나 더 그럴까 싶었다.

"그러게. 오죽 외로웠으면 그랬겠어."

"생일인데, 아무도 모르고 있었으니까."

"흐음……."

애들의 얘기를 듣고 보니 진심으로 걱정된다.

고선재 매니저는 굳은 얼굴로 입을 떼었다.

"그러면 너네가 뭐라도 준비하는 게 어떨까?"

고선재 매니저의 한마디에, 유민하의 안색이 밝아졌다.

생일 파티.

준비한 것도 없는 데다가, 여기가 생일 파티를 거창하게 할 수 있을 만한 장소는 아니지만.

지금부터 준비하면 뭐라도 할 수 있는 거 아닌가.

마침 신서진은 아직도 일어나지 않았다.

"좋은데요?"

최성훈은 문이 닫혀 있는 카라반 쪽을 힐끗 돌아보고선, 목소리를 낮추었다.

신서진은 아직 나오지 않았으니까 한 명 정도 녀석의 발을 묶어 두는 사이에 나머지가 생일 파티라도 대충 준비하면…….

"근데 뭐 할까요?"

그때, 가만히 앉아 있던 이다영이 눈치를 보며 손을 들었다.

우물쭈물하다가 조심스레 의견을 낸다.

"그… 그거 어떨까?"

*   *   *

카라반 창문을 타고 스며 들어온 아침 햇살에 눈이 절로 뜨였다.

새벽 내내 신탁을 받기 위해 그러고 있었으니, 거의 한숨도 못 잔 것이나 다름없었다.

원래라면 알람 없이도 아침 일찍 일어났을 신서진이, 어쩌다 보니 해가 중천에 뜰 때쯤에야 눈을 떴다.

"으… 으으……."

신서진은 기지개를 켜며 자리에서 일어났다.

시간을 보니 아침 11시가 넘었다.

"……!"

시간을 확인한 신서진은 놀란 눈으로 고개를 들었다. 이 시간이면 깨웠을 만도 한데, 아무도 자신을 깨우지 않았다. 혹시 벌써 촬영 중인 건 아니겠지?

잠이 확 달아났다.

휴대전화를 주머니에 대충 밀어넣은 신서진은 머리를 슥슥 정리하고선 몸을 일으켰다.

쓸데없이 고요한 글램팡장이 불안해서.

급하게 짐을 챙겨서 나왔을 뿐인데······.

디리링―.

"와아아아아아!"

웬 느닷없는 함성 소리와 함께, 감성적인 기타 소리가 울려 퍼지는 것이다.

환하게 웃는 얼굴로 자신을 향해 걸어오는 녀석들.

신서진의 두 눈이 이내 동그래졌다.

"뭐··· 뭐 하는······?"

디리링―.

이다영이 기타 코드를 손으로 짚으며 걸어온다.

C코드. G코드. Dm, 다시 G코드.

현란한 편곡과 함께 시작된 노래는 지극히 익숙한 멜로디의······.

생일 축하합니다―

생일 축하합니다아―

동시에, 유민하와 최성훈의 부드러운 화음이 깔린다.

급하게 준비한 것치고는 합이 잘 맞는 목소리.

생일 축하합니다―

사랑하는 신서진의— 생일을 축하합니다—

신서진은 두 눈을 끔뻑이며 그 자리에 굳어 버렸다.

그러니까.

아침에 일어나 보니, 웬 이상한 케이크를 양손에 들고선.

한 놈은 기타를 치고 있고, 애들은 쓸데없이 고퀼의 노래를 불러 주고 있는…….

그야말로 정성 들여 준비한 개판.

신서진은 혼란스러워졌다.

"왜… 왜들 이러는 건데?"

후렴구가 다시 한번 더 반복된다.

유민하는 제 목소리에 심취한 듯 과감하게 고음을 뻗어 내었다.

"사랑하는 신서진의―――――."

"생일을 축하합니다아아!"

"와아아아아아악!"

팡―.

타이밍에 딱 맞춰서.

고선재 매니저가 신서진의 옆에서 폭죽을 터뜨렸다.

"…깜짝이야."

신서진은 움찔하며 자세를 낮추었다.

대체 왜 이러는지 말이라도 해 달라고.

무섭잖아!

뭐라 따지기도 전에 사방에서 말이 쏟아졌다.

"꺄아아아! 생일 축하해!"

"케이크부터 먹어. 이거 맛있는 거래."

"맞아, 내가 직접 만들었어!"

"…그건 안 믿을걸?"

"사실 대기업의 손맛이야!"

우당탕탕.

그야말로 난장판이 따로 없는 광경 앞에서, 한동안 넋을 놓고 있던 신서진이 고개를 들었다.

일단, 케이크는 마음에 들었다.

마침 당 떨어졌는데 뭐라도 먹을 것을 줬으니 감사하지.

그런데, 다른 건 도통… 어떻게 돌아가고 있는 것인지 알 수 없다.

아직 상황 파악이 안 된 탓에, 신서진은 멍하니 케이크만 내려다보고 있었고.

애들은 그 표정을 제멋대로 해석했다.

얼핏 보면 얼떨떨해 보이는 신서진의 얼굴.

'너무 좋아서 믿기지가 않는 얼굴인데.'

좋아하니 더욱 뿌듯해진다.

최성훈은 커다란 바구니 하나를 신서진의 손에 들려 주었다.

여기서 갑자기 선물을 살 수가 없어서, 회사의 도움을 받았다.

신서진은 바구니를 열어 그 안의 내용물을 확인했다.

상당히 떨떠름한 표정이었다.

"급하게 얻어 온 인테리어 소품이야!"

사과…… 배…… 오렌지…….

정말 과일이었다면 좋았을 텐데.

과일 모형인 것이 문제였다.

최성훈은 생글거리며 덧붙였다.

"피크닉 가고 싶을 때 집에서 하면 돼."

"쓰… 쓰레기 같은데?"

그때, 두 번째 선물.

유민하는 웬 돌덩어리처럼 묵직한 것을 자신에게 내밀었다.

"그리고, 이건……. 내 마음을 담아 준비한 지미집 마이크!"

응?

"…떼어 왔어."

신서진이 엉겁결에 그것을 받아 든 순간.

사방에서 환호성이 터져 나왔다.

"와아아아아!"

"꺄아아아! 생일 축하해!"

신서진은 두 눈을 굴리다가 지미집 마이크를 양손으로 공손히 받았다.

대체 뭐가 어떻게 돌아가는 건지 모르겠지만…….

하나는 확실히 해야겠다.

"나… 생일이었어?"

*   *   *

고선재 매니저가 준비해 온 딸기 생크림 케이크.

단체로 케이크를 퍼먹으면서 의아해하는 중이었다.

조금 무리수이긴 했어도, 급하게 생일 파티까지 준비해 왔는데.

정작 당사자가 제 생일 날짜를 모른다.

최성훈은 케이크를 오물거리며 신서진에게 물었다.

"아니…… 너, 생일 아니었어?"

"맞아."

대답을 대신한 것은 고선재 매니저였다.

계약서에 적혀 있는 생일을 확인했으니 분명 확실하다.

근데 애 표정은 아무래도 아닌 것 같단 말이지.

유민하는 케이크를 덜면서 인상을 찌푸렸다.

"너, 생일 음력으로 쳐?"

"…음력?"

신서진이 이해하기엔 다소 어려운 단어였다.

"아마 아닐걸."

"그러면 오늘이 네 생일 맞잖아!"

"너무 바빠서 까먹었나 보지."

그럴 수도 있다며, 차형원이 말을 더했다.

정작 그렇게 말해 주면서도 이해가 가지 않는다는 표정이었지만 말이다.

신서진은 그들의 말을 주워듣다가 담담하게 덧붙였다.

"굳이 따지자면…… 나는 원래 매월 4일인데."

"응?"

사람들도 제 생일을 모르는 데다가, 정작 본인까지 까먹은 터라. 그냥 그렇게 굳어졌다.

실제로 사람들이 저를 숭배할 때만 해도, 매달 4일마다 축하받고는 했었는데.

당연히, 녀석들이 이해할 수 있는 개념은 아니었다.

"4일이라고?"

"몇 월인데?"

"8월 4일?"

그 자세한 내막을 설명해 주려던 신서진은, 오늘의 생일 파티를 떠올리며 두 눈을 끔뻑였다.

쓰레기 같은 인테리어 소품과 더불어, 지미집 마이크.

요란한데 실속은 도무지 없었던 생일 파티.

신서진은 손사래를 치며 제 생일 날짜를 부정했다.

"아, 아무것도 아니야. 그냥 오늘로 하자……."

매달마다 이런 거창한 축하를 해 오면 그게 더 피곤할 것 같았다.

*   *   *

리얼리티 촬영이 끝나고, SW 엔터는 여느 때와 같이 바쁘게 돌아가고 있었다.

어느 부서를 막론하고 데뷔 막바지 준비가 한창이었다.

똑똑.

한태무 대표는 사무실 문을 두드리는 소리에 고개를 들었다.

"들어오세요."

벌써 꽤 오랜 시간, 회사를 위해 힘써 주고 있는 이한나 이사가 문을 열고 들어왔다.

한태무 대표는 가볍게 미소를 지으며 자세를 고쳐앉았다.

"어, 무슨 일이야?"

"한번 보셔야 할 것 같습니다."

무슨 일인가 했더니, 웬 서류 하나를 내민다.

마케팅 팀 쪽으로 제안이 들어온 광고였다.

"누구 앞으로 온 거지?"

"이번에 데뷔 예정인……."

"아. 데뷔조 애들?"

벌써부터 광고가 들어와?

한태무 대표는 두 눈을 크게 뜨고선 광고 기획서를 확인했다.

아직 데뷔도 안 한 연습생들을 상대로 어찌 광고를 내미나 싶지만, 상대가 SW 엔터 정도의 대형 기획사라면 이상할 것까지는 없었다.

이른 시기부터 인기를 모으고 있는 녀석들이기도 하고.

SW 엔터 데뷔조답게 이래저래 화제성은 좋으니 몸값이 쌀 때 광고를 따내려는 전략이겠지.

그렇게 속 편하게 생각했으나, 걸리는 점이 있었다.

"광고액이 생각보다 큽니다."

"뭐?"

이한나 이사의 말에, 한태무 대표는 뒷장을 넘겨 광고비를 확인했다.

"……!"

엔터 사업을 운영하면서 큰돈을 워낙 많이 만져 본 한태무 대표였지만, 그조차도 잠시 당황한 액수였다.

특별히 억대 소리가 나는 광고비여서가 아니라…….

"신인한테?"

연차라고 말할 것도 없는 생 신인이다.

SW 엔터의 이름을 업고 잘될 수도 있지만, 망할 수도 있는 것이 연예계이다.

회사의 이름을 걸고 베팅하기에는 생각보다 큰 액수였다.

몸값을 후려치려 일찍이 광고 제의를 했다고 생각했는데, 이 액수라면 어떤 의도인지 가늠할 수가 없다.

"흐으음……."

한태무 대표는 인상을 찌푸리며 관자놀이를 꾹꾹 눌렀다.

"대표가 모험을 좋아하는 타입인가?"

"잘 모르겠습니다."

광고 효과를 노려서 대박을 치겠다, 이런 도박이면 차라리 이해하겠는데.

회사명까지 확인하고 나니 더더욱 모호해졌다.

"이정식품이라고?"

"네, 그렇습니다. 조금 특이하죠?"

광고 효과가 특별히 절실하지도 않은 튼튼한 기업이다.

비슷한 금액이라면 적당히 인지도 있는 연예인을 섭외할 수도 있었을 텐데, 왜 아직 인지도가 부족한 신인에게 이만한 광고 금액을 턱 제시했는지. 그 의중을 이해할 수 없었다.

"어렵다. 어려워도 너무 어렵다."

"저도 처음에 받고 이해가 조금 되지 않았습니다. 저희 애들을 깎아내리는 건 아니지만……. 그래도 아직 데뷔도 안 한 신인인데."

"이해해. 나도 같은 생각을 했으니까."

이한나 이사가 한태무 대표의 기색을 살피며 물었다.

"…어떻게 할까요?"

이만한 광고 금액에 이정식품이라는 브랜드 네임까지.

신인 입장에서는 절대 거절할 이유가 없는 광고임은 분명했다.

"광고는 평범한 광고야?"

"네, TV 광고 찍는 건데. 브랜드 자체가 특별히 문제 될 만한 요소는 없으니까요."

스타트를 이렇게 끊으면 몸값을 올리기도 더 수월해질 것이고, TV 광고라 인지도를 올리기에도 좋다.

그런데.

그런데……

"조금 더 지켜보지."

"어……? 왜 그러세요?"

"뭔가 찜찜하단 말이야."

꿍꿍이가 있을 만한 포인트가 없는데, 알 수 없는 찜찜함이

들었다.

사업가의 직감이라고 해야 할까.

한태무 대표는 감이 뛰어난 편이었다.

이정식품이 난데없이 엔터 사업에 끼어든다는 소식은 못 들어
봤지만······.

그래도 모든 가능성을 열어 생각해 보아야 하는 것이 바로 사
업이다.

"그러면 거절할까요?"

"바로 거절하기에는 너무 아까운 기회니까. 모호하게 말해.
다음에 데뷔하고 나서, 애들이랑 미팅만 한번 잡아 보든가."

"네, 그렇게 하겠습니다!"

한태무 대표는 고개를 끄덕이며 이한나 이사를 내보냈다.

*　　　　　*　　　　　*

연습이 끝난 늦은 시각.

이번에도 빛의 가루를 전부 다 털어, 숙소를 몰래 빠져나왔
다.

데뷔를 앞둔 터라 시간을 내기가 더 빠듯했지만, 워낙 중요한
사안이라 여기까지 발걸음할 수밖에 없었다.

그렇게 도착한 디오니 벨튼의 저택.

신서진은 그 앞에 서서 초인종을 눌렀다.

띵동―.

띵동―.

두 번의 초인종음을 듣고, 가만히 기다리던 중. 저택 쪽에서 발소리가 들렸다.

디오니 벨튼이었다.

오늘도 어김없이 피곤한 기색으로 고개를 내민 디오니소스가 손을 들어 인사했다.

"바빴을 텐데. 무슨 일이야?"

"여기."

신서진은 싱긋 웃으며 주문서를 들어 올렸다.

그것의 정체를 확인한 디오니소스의 두 눈이 크게 뜨였다. 아마 그 안에 서린 제우스의 기운을 눈치챈 탓일 것이다.

신서진은 살짝 흥분한 목소리로 입을 떼었다.

"봉인 해제 주문서를 찾았어. 아마 이거면 아테나의 봉인을 풀 수 있을 거야."

"……."

"그러니까, 조금 비켜 주지."

한시라도 빨리 상황이 어떻게 된 것인지. 직접 들어 봐야 했다.

봉인 주문서까지 이렇게 찾아왔으니, 더 시간을 끌 필요가 없지 않나.

그리 생각하며 디오니소스를 돌아보는데.

"…곤란한 상황이 생겼어."

"뭐?"

녀석의 표정이 차갑게 식어 있었다.

"곤란한 일이라고?"

신서진은 인상을 찌푸린 채 디오니 벨튼을 밀었다. 녀석이 당황한 얼굴로 저를 따라왔지만, 신서진은 문을 막고 있는 녀석을 지나쳐 안으로 들어갔다.

벌컥—.

어떤 일이 생긴 건지는 머지않아 알 수 있었다.

"……"

있어야 할 것이 없다.

아테나의 방패가 있던 자리가 텅 비어 버린 방.

곤란한 상황이라는 게 이거였나.

신서진은 싸늘한 시선으로 디오니 벨튼을 돌아보았다.

"어떻게 된 거야?"

디오니 벨튼은 난처한 기색으로 힘겹게 말을 뱉었다.

"그게… 아테나가 봉인되어 있는 방패가 사라졌어."

"뭐?"

"어젯밤이야. 해외 전시회 때문에 집을 비우고 있었는데, 아무래도 습격당한 것 같아."

도난당할 게 따로 있지. 아테나가 봉인된 방패를 도난당해?

억만금을 도난당했어도 그 방패를 도난당한 것보단 차라리 나을 터였다.

신서진은 믿을 수 없다는 듯 한숨을 내쉬며 되물었다.

"하필이면, 딱 그 방패만. 여기서 도난당했다고?"

"처음부터 그걸 노리고 들어왔겠지. 그게 여기 있다는 걸 알았던 모양이야."

"하아……."

신서진은 으리으리한 디오니 벨튼의 저택을 둘러보았다.

이렇게 고급진 집에 완벽한 보안 시설까지.

진입조차 쉽지 않았을 텐데, 어떻게 들어와서 아테나가 봉인된 방패를 훔쳐갔다.

가능성은 두 가지가 있다.

이만한 집도 털 수 있을 만큼, 집 털이를 기가 막히게 하는 인간이거나.

인간조차 아니거나.

상대는 평범한 인간이 아니다.

애초에 자신을 함부로 건드리려 한 것부터 어느 정도 실감했었지만, 이로써 확신이 들었다.

디오니 벨튼은 굳은 얼굴로 덧붙였다.

"무능하다 생각해도 이해해. 어떻게든 지켰어야 했는데 그러지 못했어."

"당연히 지켜야 했지. 계획이 다 개판이 나 버렸잖아."

아마 자신이었다면, 아테나를 놔두고 집을 뜨는 미친 짓은 하지 않았을 것이다.

신서진은 손에 들린 봉인 주문서를 내려다보며 한숨을 짧게 내쉬었다.

어떻게 얻은 건데 당분간 쓸 일이 없어졌다.

이걸로 아테나를 깨워서 상황의 전말을 알아보겠다는 계획은 파토가 나버렸으니까.

신서진은 싸늘한 시선으로 디오니소스를 올려다보았다.

"…너도 참 한물갔군."

"그렇지."

제집에 누가 들어왔는지조차 감지하지 못해서 집을 털리는 신이라니.

그만큼 없어 보이는 것도 없다.

당장 제 머리 위로 떨어지는 화분 하나 감지하지 못해서 저승길 갈 뻔한 신도 있으니, 저 정도는 약과라 해야 할까.

어쩌다가 이런 처치가 된 것인지.

신서진은 입가에 조소를 머금은 채 고개를 떨구었다.

디오니 벨튼은 그런 신서진의 눈치를 살피며 조심스레 입을 떼었다.

"아무래도 직접 찾아보는 게… 낫겠지?"

언제, 누구한테 도난당한 것인지. 아테나가 어디로 갔는지 행방을 찾아보자는 것이 디오니 벨튼의 의견이었다.

반드시 필요한 일이니 막을 생각은 없었다.

한데, 우선은 그만한 힘을 찾는 게 먼저였다.

"네 집도 당당히 털어버린 것들이야."

"……!"

"마주쳐서 이길 자신 있어?"

물론 놈들도 나름의 꿍꿍이가 있을 것이라 생각한다.

신의 권능을 거의 다 잃어버린 지금에야, 자신을 죽이려면 진작에 죽일 수 있었을 테니까.

자신이 하는 행동 하나하나를 방해하는 것보다 그게 더 간편한 일일 텐데.

무슨 이유에서인지 아직까지 제 목은 붙어 있다.

아직 때가 안 되었거나, 무언가 준비를 하고 있다거나.

그렇다면 그 벌어 준 시간을 이용해서 강해져야겠지.

신서진은 빠르게 결론을 내렸다.

디오니소스라면 기존에 쌓아 온 명성대로 자신보다 빠르게 빛의 가루를 모을 수 있을 것이다.

"패션쇼를 열어. 기왕이면 멋들어지게."

"뭐? 이 상황에서?"

"부를 수 있는 디자이너가 있다면 전부 부르고. 힘은 없어도 돈은 많을 거 아니야."

뜬금없는 말에 디오니 벨튼의 두 눈이 크게 뜨였다.

하지만, 곰곰이 생각해 보면 틀린 말도 아니었다.

"세계 최고의 패션쇼를 열라고. 온 세상이 주목할 만한 그런 패션쇼."

"난… 아직 그럴 짬은 안 되는 듯싶은데."

"그렇게 만들면 되지."

신서진은 단호한 목소리로 대답했다.

지금 그렇지 않다면, 그렇게 만들면 되는 법이다.

"나는 데뷔를 할 테니까."

눈앞에서 아테나를 뺏기는 수치는 한 번으로 족했다.

우선 유명해진다.

그리고, 강해질 것이다.

"세계 최고의 가수가 되면 되겠지."

신서진은 각오하듯 중얼거리며, 디오니 벨튼의 정문 밖으로
나왔다.

*　　　　*　　　　*

그리고, 그날 저녁.

마침내 SW 엔터 데뷔조의 팀명이 공개되었다.

[SW 엔터 新 혼성 그룹 최초 공개, 팀명은 '유니티지'로 확정 [공식]]

SW 엔터에서 론칭하는 신인 그룹 팀명이 '유니티지'로 확정되었다.

SW 엔터는 지난달 13일 9명의 멤버를 차례로 공개해 화제를 모았
다.

'유니티지'는 여러 유닛의 연합으로 구성된 팀 체제를 의미하는 팀명이
며, SW 엔터 역사상 처음 도전하는 혼성 그룹이다.

신인 그룹 유니티지의 데뷔는 8월 3일 예정으로 타이틀곡 'Fantasia'로
데뷔하게 된다. 타이틀곡과 함께 유니티지의 첫 데뷔 무대가 공개되는
만큼 쇼케이스에 많은 관심이 몰리고 있다…….

─데뷔 멤 공개 때도 그러더니 화제성 하나는 확실하네. 벌써부
터 여기저기 난리 난 거 봐.

ㄴ에스떱 팬들이 있잖아. 내리사랑 무시 못 함

ㄴ근데 얘네는 잘될 거 같은데? 애들 특별히 논란 있는 것도 아
니고 실력도 좋고 비주얼까지 좋음

└신서진 쟤는 진짜 한국인이 환장할 수요 상임

└ㅇㅈㅇㅈ

└말랑말랑… 토끼 상 ㅋㅋㅋㅋㅋㅋㅋ

―와……. 얘네도 드디어 데뷔하네. 팀명까지 뜨니까 진짜 데뷔인 게 실감 난다. 얘네 데뷔하기 전에 서을예고 축제 가서 본 애들인데……. 그때부터 무대 존잘이었음. 이렇게 된 거 성공적으로 데뷔해라 얘들아

└나도 현장 무대에서 보고 팬 됐는데 ㅠㅠ 퓨처 앤 패스트 때부터 편곡, 의상, 춤까지 그냥 쩔었엉

―서을예고 데뷔 클래스 멤버들로만 넣은 팀이면 SW 엔터 황금 라인들은 다 들어간 셈이네. 애초에 거기서 살아남은 애들이면 실력 걱정은 안 해도 될 듯

└우리 애들 실력파야 ㅠㅠ

└에이틴은 너튜브에서 이미 난리 났어서 대부분 알 것 같다

―심장이 뛴다…….

―빨리 데뷔곡 들고 와 ㅠㅠ 데뷔곡은 청량이야, 알지?

└저 나이 때만 할 수 있는 그 감성이 있다구 제발 SW가 이번엔 팬들의 마음을 알아줬으면…….

└근데 티저 보니까 청량 맞는 듯?

└으아아아ㅏ아아 존―버

―8월 3일 데뷔? ○○ 통장 꺼내 놓고 있을게

└쇼케이스 장충체육관 ㄷㄷ 신인 그룹 스케일 크게 가네

└경쟁률 빡세겠다

└몰라 전 재산 다 털어서라도 간다. 나 데뷔 팬 할 거야 우리

딸깍. 딸깍.

마우스 스크롤을 계속 내려도 댓글이 끝나지 않는다.

"우리 애들 화제성 봐……."

커뮤니티의 인기 게시 글 1위.

데뷔 일이 공개되자마자, 유니티지에 대한 게시 글로 커뮤니티가 점령되었다.

SW 엔터에서 오랜만에 내미는 아이돌 그룹. 화제성은 그 자체로 충분했고, SW 엔터의 오랜 팬이었던 이수연 역시 비슷한 이유로 관심을 보인 사람들 중 하나였다.

내리사랑이라는 게, 아니라 해도 어쩔 수 없다.

그녀는 서울예고 축제 당시에 직캠을 찍기 위해 직접 갔었고, 그 자리에서 에이틴 멤버들의 무대를 처음으로 보았다.

처음에는 별생각이 없었다.

그냥 요즘 서울예고 애들 무대는 어떠한지, 워낙 유명하고 실력 좋은 애들이 많은 축제이니 신인 연습생들 발굴 겸 보러 갔던 자리였다.

그렇게 사이드 열에서 힘겹게 봤던 무대.

그 자리에서 첫눈에 치여 버렸다.

"하……. 우리 애들 무대 진짜 잘하지."

그녀는 그렇게 팔자에도 없던 연습생 덕질을 시작하고 말았다.

리필 앤 리필, SW 엔터 커버 영상 등등. 데뷔 전 몇 안 되는 스케줄을 긁어 모아 가며 데뷔만을 기다려왔다.

그런데.

"드디어… 데뷔! 드디어… 쇼케이스! 꺄아아아악!"

이렇게 공식 기사까지 땅땅 뜨니까 감격스러울 수밖에 없다.

이수연은 거친 숨을 몰아쉬며 작게 중얼거렸다.

"하아… 나 심장 뛰네?"

그녀의 최애 멤버는 최성훈이었다.

귀엽게 생긴 녀석이 말까지 귀엽게 조잘거리더니, 춤은 얼마나 잘 추는지.

집에 와서 너튜브를 몇 번이나 돌려봤었다.

이수연은 물끄러미 모니터 화면을 노려보고 있다가 다짐했다.

"내가 이번엔 무조건 그라운드로 가서 얼굴 제대로 본다……."

신인 그룹치고 쇼케이스 경쟁률이 빡셀 것 같긴 한데, 그간의 무수한 티켓팅 경력이라면 어느 정도 자신 있었다. 영혼을 갈아서라도 반드시 간다.

"최성훈 실물 봐야 해. 이건 어쩔 수 없다."

그나저나…….

"쇼케이스 때… 뭐 입고 가지?"

그녀는 중얼거리면서 자리에서 일어났다.

마음은 이미 쇼케이스 현장에 가 있었다.

유니티지의 데뷔 쇼케이스장.

저 넓은 좌석 뒤로 무려 2천 명의 관객이 자리하고 있었다.

사람이 얼마나 많은지 입구부터 막혀 있어서 들어오느라 진 땀을 좀 뺐다.

예상 밖의 스케일.

한눈에 봐도 돈을 많이 쏟아부은 듯한 세트장.

다른 뉴스사에서 몇 번 얼굴을 봤던 연예부의 고정하 기자가 말을 걸어왔다.

"SW 엔터가 뼈를 갈고 준비했군요."

한동우 기자는 그의 말에 고개를 끄덕이며 대답했다.

"오랜만의 데뷔니까, 아마 그럴 겁니다."

그런 그의 입가에 살짝 미소가 감돌았다.

고정하 기자는 장난스레 덧붙였다.

"엄청 기대하시는 표정인데요."

"티… 티 나나요?"

한동우 기자는 헛기침을 하며 되물었다.

어쩌다 보니 신서진 저 아이의 모든 스케줄에 동행하게 된 느낌인데, 그러다 보니 괜히 정이 들었다고 해야 할까.

저를 기레기라 불렀던 저 친구가 아직도 제 이름을 기억할지는 모르겠지만…….

그래도 녀석의 모든 스케줄마다 빼놓지 않고 기사를 써 왔다.

그런 애가 마침내 데뷔를 하게 된다니.

한동우 기자는 제가 키운 자식처럼 감회가 남달랐다.

"제가 어쩌다 보니 저 친구 무대를 여러 번 보게 되었는데……."

"아, 그렇습니까?"

"네. 뭐, 서울예고 때부터 쭈욱, 인터뷰도 따고 기사도 쓰고 그랬죠."

"아, 대충 어떤 감정인지 알겠네요."

고정하 기자는 피식 웃으며 고개를 끄덕였다.

본인이 직접 데뷔하는 것도 아니면서, 괜히 덩달아 긴장이 되는 심정.

연습생 시절부터 봐 온 애들을 보면 그런 감정이 드는 것이다.

하지만, 한동우 기자는 담담하게 말을 뱉었다.

"아마 잘할 거예요."

녀석을 믿는다.

그동안 무대를 한두 번 본 것도 아니고, 원래부터 잘해 왔던 친구니까.

그러니까 이번 쇼케이스 무대도 완전히 찢어 놓을 거라고.

한동우 기자는 그렇게 생각했다.

그 순간.

비명과 같은 박수 소리가 바로 옆에서 터져 나왔다.

"어… 어… 저기 나온다!"

한동우 기자는 두 눈을 동그랗게 뜬 채 시선을 돌렸다.

"와아아아아아악!"

"꺄아아아!"

팬들의 환호성 속에, 유니티지가 무대 위로 모습을 드러냈다.

『예고의 음악 천재』 6권에 계속…